伊豆的舞女

伊豆のおどりこ

[日] 川端康成 著

王蕾 译

北京理工大学出版社

图书在版编目（CIP）数据

伊豆的舞女 / (日) 川端康成著 ; 王蕾译. -- 北京: 北京理工大学出版社, 2022.12
（海棠花未眠 : 川端康成精品集）
ISBN 978-7-5763-1741-1

Ⅰ. ①伊… Ⅱ. ①川… ②王… Ⅲ. ①中篇小说—小说集—日本—现代②短篇小说—小说集—日本—现代 Ⅳ. ①I313.45

中国版本图书馆CIP数据核字（2022）第182391号

出版发行 / 北京理工大学出版社有限责任公司
社　　址 / 北京市海淀区中关村南大街 5 号
邮　　编 / 100081
电　　话 / （010）68914775（总编室）
（010）82562903（教材售后服务热线）
（010）68944723（其他图书服务热线）
网　　址 / http: //www.bitpress.com.cn
经　　销 / 全国各地新华书店
印　　刷 / 三河市金元印装有限公司
开　　本 / 880 毫米 × 1230 毫米　1/32
印　　张 / 7.75
字　　数 / 171 千字
版　　次 / 2022 年 12 月第 1 版　2022 年 12 月第 1 次印刷
定　　价 / 269.00 元（全 6 册）

责任编辑 / 李慧智
文案编辑 / 李慧智
责任校对 / 刘亚男
责任印制 / 施胜娟

图书出现印装质量问题，请拨打售后服务热线，本社负责调换

» 以拳拳之心精雕传世经典
代　序

今年是川端康成离开这个世界五十周年。此番经典重译，是对这位日本文学泰斗的再次致敬和怀念。有幸参与这套书的翻译工作，我感到不胜荣幸，并怀着诚挚而忠谨的心细细打磨，尽己当为，但求无愧于心。

川端康成是日本新感觉派代表作家，现当代著名小说家。新感觉派是20世纪日本文学的重要流派，而川端康成是新感觉派的扛大旗者。新感觉派作家描写内部世界而非表面现实，主张用一种“新的感觉”去感受生活及世界的一切事物，常常把外部景象化为主观感受，即采用增加抒情成分，弱化故事情节的意识流写法来表现作品。他吸收了西方文学的意识和技巧，重估了日本传统文学的价值和意义，并将其完美融合，对日本文坛及世界文坛都产生了创造性的影响。因此，其作品既具有民族性，又具有世界性。他“在东西方文化的大撞击中找到接合点”，从而开拓了新的领域，创造了独特的“川端康成之美”，不愧为日本文学的“屋脊”和“神话”。

菊池奖（1944）、艺术院奖（1952）、野间文艺奖（1954）、每日出版文化奖（1961）、歌德奖章（1957）、法国艺术文化勋章（1960）……他的一生载誉无数。1961年，日本政府以“以独自的样式和浓重的感情，描写了日本美的象征，完成了前人没有过的创造”，授予他最高的奖赏——第二十一届文化勋章，成为日本文化功臣。1968年，川端康成凭借三部代表日本美学的巅峰之作——《雪国》《古都》《千只鹤》，成为日本首位、亚洲第三位获得诺贝尔文学奖的作家。“诺奖”评委在颁奖词中评价他，“以非凡的敏锐和高超的小说技巧，表现了日本人心灵的精髓”。“他极为欣赏纤细的美，喜爱用那种笔端常带悲伤，兼具象征性的语言来表现自然界的生命和人的宿命”。从此，川端文学成为一种符号，与国家之美紧密结合在一起。他将传统的日本美学——“大道自然，物哀之美”传递到世界的每个角落，让独具韵味的日本美学为更多人所知晓。

在日本文学中，川端康成的作品是比较能够雅俗共赏的，但要深入理解，还须先了解其生平。为何他的作品基调如此敏感细腻？为何他笃信“生存本身就是一种徒劳”？为何他在人生的高光时刻选择自杀？这都与他的悲惨童年种下的“因”分不开。

川端康成于1899年6月14日生于大阪。自幼父母双亡，随后姐姐和祖父母也陆续病故。十五岁那年，他失去了所有的亲人。从心理学上来讲，童年的悲惨奠定了他人格发展的走向，决定了其性格、气质和思维方式。苦闷、忧郁、感伤、孤独等情绪涂抹了川端文学的底色。

虽然命途多舛，但他天赋异禀，学习成绩异常优异，顺利毕业于东京大学。他的一生曲折离奇，跌宕起伏，但他的作品却保持了相对的一贯性和继承性。他曾说过：“我的作品在战前、战时、战后并没有明显的差别，也没有引人注目的断层。”仁平政人指出：“川端本人在晚年时说，他也许是过去新感觉派作家中最执着、最坚韧不拔地坚持新感觉派者。可见川端对其作为新感觉派，即现代主义作家的一贯身份具有自觉意识。”

因此，在我看来，川端康成作品的风格和特点主要体现在以下三个方面：

其一，悲观主义美学贯穿所有作品。

川端康成笔下的悲哀之美与根植于日本传统文化中的物哀美学相互印证。他自幼熟读《源氏物语》，受其中物哀精神的影响深远，作品中往往包含着悲哀、同情、人生无常、浮生若梦的意味。

例如他早期的代表作和成名作《伊豆的舞女》。此短篇小说写于1926年，讲述了因厌恶自己“孤儿根性”而去伊豆半岛寻求精神救赎的大学预科生和四处漂泊卖艺的小舞女之间朦胧、美好的初恋。

川端康成自幼因为孤儿身份，被周围的大人像对待玻璃一样爱护，但同龄的孩子们却对其不大友好。小舞女也是，因为其卑贱的地位，许多人就算喜欢她的表演也不会打心眼儿里看得起她。这种共同的特征是他们互相产生好感的前提。小舞女的美丽、善良、热情和友好，融化了他冰封的心灵。他由此萌生了对小舞女懵懵懂懂、试试探探、欲说还休的爱情。尽管对爱情极度渴望，但他始终谦卑克制，发乎情而止乎礼，因为眼前的少女在他看来是那么纯洁和珍贵。川端曾在父母的亡魂前说过：“我喜欢这种少女。她同亲人分离,在不幸的环境中长大,又不愿意承认自己的不幸,并且战胜了这种不幸,走过来了。她性格刚强,不知道害怕。这种少女具有一种危险性,我被她吸引。让这种少女恢复纯洁的心,自己的心也将变得纯洁,这似乎就是我的恋情。”

虽然和小舞女的爱情短暂地抚慰了他的“孤儿根性”，但很快现实就将他拉了回来。因为不得已的理由，他们必须挥手告别。这种悲情式的结局，是川端康成美学的核心思想，美与悲相辅相成。既然是遗憾散场，为何又被称为“最美初恋”呢？因为这里的美，不是圆满的美，而是遗憾的美、凄婉的美、物哀的美，也是永恒的美。

其二，生命不可承受之虚无。

讲到川端康成虚无主义的代表作，当属《雪国》。

在这部中篇小说里，虚无之美达到了极致，令人怦然心动，又惆怅不已。小说讲述的是一位舞蹈艺术研究家岛村来到了雪国的温泉旅馆，分别与艺伎驹子、少女叶子产生了情感纠葛的故事。

岛村本身就是一位虚无主义者，靠着父亲的遗产过日子，精神极度空虚，没有追求和人生目标。他认为人生的一切，包括驹子对他的感情以及对生活和命运所做的抗争都是徒劳。而驹子纯洁、善良，为了帮师傅的儿子挣医疗费而做了艺伎，并且大胆而热切地追求自己的爱情。这种大胆、泼辣的行为在日本的战前社会中具有十分积极的意义。作为生活在社会底层的女性，她不仅要活下去,而且还要像个人一样有尊严地活下去。就像在《伊豆的舞女》中将自己的爱情理念投射在小舞女身上一样，川端康成在《雪国》中，也将自己的失恋创伤以及对女性美的终极追求都寄托在了“雪国”这一现实之外的乌托邦中了。他善于将自身经历投射在小说的主人公身上，抒发苦闷、惆怅的心情。在此篇中，从岛村和驹子的身上都可以找到川端的影子。爱而不得，坚强隐忍，摒弃怨恨，心怀美好，都是青年川端的感情经历在小说人物上的再现。

尽管驹子如飞蛾扑火般追求爱情，但仍然与岛村渐行渐远，岛村终究还是要回到妻子身边。所有真实发生过的事情，终将归于灰飞烟灭。驹子对他的爱，对生活的抗争，对未来的憧憬，两颗孤独灵魂的相互慰藉，都是真实的，也是虚无的。川端康成的许多作品中都渗透着这种虚无感，所以其作品往往呈现出深刻性与复杂性。初读会觉虚无缥缈，但当作品中对生命、对人生细腻而深刻的感悟引领读者走进他的精神世界之后，读者一定会觉得诺贝尔文学奖对他来讲实至名归。

他在诺贝尔文学奖颁奖仪式上的演讲《日本的美与我》中指出："灭我为无，这种'无'不是西方的虚无，相反，是万有自在的空，是无边无涯无尽无藏的心灵宇宙。"他的虚无观是参禅悟道的结果，他早已洞穿生死："人生如幻，唯有爱与美的记忆，才是最重要的。""自杀而无遗书，是最好不过的了。无言的死，就是无限的活。"1972年4月16日，川端康成突然采取口含煤气管的自杀方式离开了人世，果真未留给这个世界只言片语。

其三，对社会底层女性永恒的同情和赞美。

川端康成十分擅长描写女性，对女性的塑造和刻画贯穿了他一生的创作生涯。在他的小说中，女性的外表美，内心更美。她们的命运悲哀，结局悲惨，但都有着顽强的生活态度，让读者心生怜爱。

在川端众多描写女性的小说中，有一篇显得与众不同，那就是《温泉旅馆》。作品描写了一个小山村温泉旅馆里的女招待们的生活与斗争，描画的是底层悲苦女性的群像。这些女性各有特点，阿泷是唯一一个敢于同命运和不公抗争的人，她泼辣洒脱，护着阿雪，不惧阿芳，替阿清鸣不平，最后成为拆迁队长的情人。阿清是屈服于命运的悲情人物。她脊背微驼，面色苍白，常年卧病在床，逗弄和照顾孩子是她唯一的乐趣。阿雪天真烂漫，依附于阿泷的关照，最终跟着仓吉流落在令人悲愁的他乡。阿芳阴险、势利、刻薄，是她真正的悲剧所在。阿笑是放荡的代表，多次因为有伤风化而被警察驱逐。她虽然自由，却受制于男人的去留，因情人的“传唤”而走上十几里路，完全是亏本买卖。她对生活的态度是破罐子破摔的，美丽的笑容之下满是溃烂的伤口……

温泉旅馆里的每一个女人都是美丽、美好但不完美的。她们在这个闭塞的小山村，上演着各自的悲欢离合，但结果，每个女人的期待，都如同结尾的酒瓶，“玻璃碴子碎了一地……”这就是川端的小说一贯强调的：女性美丽、坚强、隐忍甚至伟大，但却始终逃不出命运的桎梏。因为他认为这种女性美并不真实地属于这个世界，只能以悲情的结局来实现这美的永恒。

翻译文学作品就像在钢丝上跳舞，一不留神就失了重心。我在翻译的过程中，经常将自己想象成作者，揣摩他笔下的人物在此情此景下是怎样的心情，说这句话时是怎样的语气，眼前的景物被赋予了怎样的感情色彩。比如，是译成“闪闪发光”，还是“泛着寒光”？是尽量遵从原文，保留原汁原味，还是大胆发挥，引入个人领悟？保留原汁原味可能被读者说“晦涩难懂，不说人话”，大胆发挥可能被质疑“信达雅”的“信”去哪儿了。个中滋味都需要译者去仔细揣摩，反复拿捏，一旦提炼出最合适的表现方法，便觉浑身上下每个毛孔都充满了喜悦。这也是翻译工作最有魅力的地方。

最后，谨在此拜谢每一位为这套书付出艰苦卓绝努力的师友们！是大家的坚持和用心，使这套传世经典再获新生。希望出版之后，能受到读者的肯定和喜爱，那将是我翻译之路上莫大的幸事。

王蕾

2022年仲夏，于上海

目录

CONTENTS

» 伊豆的舞女

一

临近天城山的山顶时，道路蜿蜒曲折起来。此时在山麓之间，白茫茫的暴雨已笼罩了茂密的杉树林，正以迅雷不及掩耳之势向我逼来。

当时我正值二十岁，头上戴着高中的学生帽，身穿藏青底碎白花纹的上衣与和服裙裤，肩上背着书包。我独自一人来伊豆旅行已经是第四天了，先是在修善寺温泉住了一晚，又在汤岛温泉住了两晚，然后踩着厚朴木高齿木屐登上了天城山。一路上，我陶醉于层峦叠嶂的山峰、原始森林以及深邃溪谷的秋色之中，但有一个期待却让我的心悸动不已，催着我继续赶路。不久，豆大的雨点儿开始打在我的身上。我疾步登上曲折陡峭的坡道，好不容易走到了山顶北路口的一家茶馆，松了一口气的同时，不禁呆立在门口。简直是天遂人愿啊，巡演艺人一行竟然正在那里休息。

小舞女见我傻站在那里，连忙让出自己的坐垫，翻过来，摆在旁边。

“哦……”我只应了一声便坐下了。由于刚刚跑上斜坡，一时喘不过气来，再加上有些惊慌，“谢谢”这句话已经到了嘴边却没有说出口。

我和小舞女面对面坐得很近，所以有些慌乱，忙从袖兜里取出烟管。小舞女连忙将旁边同行女伴面前的烟草盆拉得离我近一点儿。我依然不知道该说些什么。

她看起来十七岁上下，梳着我叫不上名字的大发髻，古典而又略显怪异。这发型使她严肃、拘谨的鹅蛋脸显得十分小巧玲珑，形成了一种和谐之美，有些像稗史里描绘的那些发量夸张的姑娘。和她同行的有一名四十岁左右的女人，两名年轻姑娘，还有一名身穿长冈温泉旅馆号衣的二十五六岁的男子。

我已见过他们两次。第一次是在来汤岛的途中，在汤川桥附近遇到了他们。那时有三名年轻姑娘，小舞女手里提着鼓，正要去修善寺。我频频朝他们回首顾盼，不由得一股旅愁涌上心头。然后是在汤岛的第二天晚上，他们来旅馆演出。我坐在楼梯中央，全神贯注地欣赏小舞女在玄关的地板上跳舞。那天去修善寺，今晚在汤岛，那么明天该翻过天城山，去南边的汤野温泉了吧。天城山的山路有二十多公里，我一定可以追上他们的。这样幻想着，我急急忙忙地赶来，刚好避雨时在茶馆里邂逅了，此时我感到张皇失措。

没多大一会儿，茶馆的婆婆便招呼我到其他房间去了。大约是因为平时用不上，这个房间没有门和隔扇。从这里俯视美丽的幽谷，深不可测。我浑身起了鸡皮疙瘩，牙齿咯咯作响，浑身颤抖。婆婆进来倒茶时，我说了声：“好冷啊！”

她忙牵起我的手说：“哎呀！少爷您浑身都湿透了呀！快到这边来待一会儿，把衣服烤干吧。”说着，便把我带到了她自己的起居室。

这个房间里装有地炉，打开拉门，一股强烈的热气便扑面而来。我站在门槛处犹豫不决。只见一位老爷爷盘腿坐在地炉边，他浑身青肿，如溺亡之人，一双连瞳仁都又黄又浑，腐烂了一般的眼睛阴郁地看着我。他的四周旧信笺和纸袋堆积如山，说是被埋在废纸堆里也不为过。我注视着这个像山中怪物一样的老爷爷，僵在那里不知道如何是好，怎么也不觉得他像个活人。

“被你看到这乱七八糟的样子真是不好意思啊。这是我老伴儿，不要担心。虽然又脏又难看，但他已经无法动弹了，请忍耐一下吧。”

婆婆特意跟我事先打了招呼之后继续说，她老伴儿患中风多年，全身不遂。那堆积如山的纸片是从各地寄来的治疗中风的药方以及从各地订购的中药的袋子。据说，老爷爷有时会向翻越山岭而来的旅行者打听，有时会看看报纸广告，在全国广寻治疗中风的方法，四处求药，一条信息都不放过。而且，那些信笺和纸袋他一个也不舍得扔，都堆在自己身边，盯着它们打发日子。经年累月，就成了一座陈旧的废纸山了。

我没有回应婆婆，只是低着头坐在地炉旁。翻越山岭的汽车震得房子有些摇晃。我思忖着，山上连秋天都这么冷，不久更是会变成一幅白雪皑皑的景象。为何老爷爷不愿意下山呢？我的衣服在炉火的烘烤下冒着水蒸气，火势很旺，令我感到头昏脑涨。婆婆到店外和巡演艺人们聊天去了。

“是啊，之前带来的姑娘已经长这么大了呀。你也很不错，越发水灵了。出落得这么漂亮，姑娘家长得可真快呀！”

过了将近一个小时，外面传来巡演艺人们起身收拾东西的声音。我也静不下心来了，尽管心绪不安，但还是没有勇气站起身来。虽说他们长期巡演，习惯了走路，但毕竟女人走得慢，即便我落后个一二公里，也还是可以赶上的。我一边这样想着，一边在地炉旁心急如焚。然而，舞女们不在附近时，我的幻想反而像被解放了似的开始活跃起来。这时，婆婆送他们回来了，我连忙问道："那些艺人们今晚住哪儿？"

"那种人，我怎么会知道他们住哪儿呢？少爷，哪有客人就住哪儿呗！他们哪有固定的住所啊！"

婆婆那透着无限鄙夷的话刺激了我。我甚至想，如果是这样的话，今晚就让小舞女住在我的房间里吧。

雨势渐渐变小，山峰像被点亮了一般。婆婆再三挽留我，说再过十分钟，天就完全放晴了，但我还是按捺不住内心的焦躁。

"爷爷，您多保重啊，天气越发冷了。"我发自内心地叮嘱了一句，便起身准备离开。老爷爷艰难地转动了一下黄浊的眼珠，不易察觉地点了下头。

"少爷！少爷！"婆婆一边喊着一边追了上来。

"你给这么多，可真是不好意思啊！对不起了。"说着将我的书包揽在怀里，怎么也不肯给我。我再三请她留步，可她还是坚持要送我一程。她迈着小碎步送了我一百多米远，嘴里反复唠叨着同样的话。

"真是不好意思啊！招待不周。我会好好记住你的。下次你经过这里的时候再好好谢谢你。下次一定要再来落脚，别忘了啊！"

我只放了一枚五角硬币在桌上，她竟如此错愕，如此感激涕零。而我只想尽快追上小舞女，她颤颤巍巍的脚步其实给我增添了麻烦。终于，我们来到了山顶隧道。

“谢谢您啊。爷爷一个人在家里呢，您快回去吧。”我向婆婆道别后，她终于松开了我的背包。

黑漆漆的隧道里啪嗒啪嗒地滴着冰冷的水滴。前方是通往南伊豆的出口，看起来小小的，明晃晃的。

崖道从隧道出口一直延伸出去，单侧涂着白漆的栏杆像一道白色的闪电。放眼望去，山脚的景物如同模型一般，隐约可见艺人们的身影。走了不到七百米，我追上了他们一行。但突然放慢脚步又显得太刻意，于是装作一副冷漠的样子，超过了他们。独自走在前面大约二十米处的男子一看见我，立刻停下了脚步。

“你走得很快嘛！这天儿晴得可真好！”

我如释重负，开始和他肩并肩地走着。他连珠炮似的问了我许多问题。后面的姑娘们见我俩聊了起来，便疾步小跑上来。

男子背着一个大柳条包。那位四十岁左右的女人抱着一条小狗。年纪最大的姑娘背着包袱，年纪略轻的姑娘也背着柳条包，总之各自都背着硕大的行李。小舞女则背着鼓和鼓架。四十岁左右的女人也开始有一句没一句地和我攀谈起来。

“他是大学预科生呢。”年纪最大的姑娘对小舞女窃窃私语道。我转过头看了她们一眼。她笑着说：“我就说嘛！这个我还是懂的。经常有学生哥来岛上的。”

他们是大岛波浮港人。据说自从春季离开大岛之后，一直在巡演途中，如今天气转寒，尚未做好过冬的准备，所以打算在下田待上十天左右，然后从伊东温泉返回大岛。一听说大岛，我更加感到一股诗情油然而生，不由得又望了望小舞女美丽的秀发。又问了他们许多关于大岛的事。

“好多学生来游泳呢。”小舞女对同行的姑娘说。

“夏天吗？”我回过头对她说道。

她顿时手足失措地小声答道：“冬天也有……”

“冬天也有？”

小舞女依然和同行的姑娘相视说笑着。

“冬天也能游泳吗？”我又问了一遍。小舞女的脸变得通红，换上了一副严肃认真的表情，轻轻地点了点头。

“傻瓜！这孩子！”四十岁左右的女人忍不住笑了。

沿着河津川的溪谷下行十多公里，就到了汤野。翻过山岭，连山峦和天空的颜色都让人感觉到了南方的气息。我和男子一路聊着，已变得亲密无间。过了荻乘、梨本等小村庄，汤野山脚下的茅草屋顶便跃入了眼帘。我不假思索地说要和他们一起同行至下田，男子听了喜出望外。

来到汤野的小旅馆前，四十岁左右的女人露出一副惜别的表情，男子帮我解释道：“他说想和我们一起旅行呢。”

“哎呀呀！出门靠朋友，处世靠人情。连我们这种草芥之人，也能帮您打发无聊时光呢！快，上来休息休息吧！”她不假思索地应和道。姑娘们一时间都看向我，一副完全无所谓的表情，谁也没说话。又似乎有些娇羞地注视着我。

我和大家一起上了旅馆二楼，放下了行李。这里的榻榻米和隔扇又旧又脏。小舞女从楼下端来了茶水。往我跟前一坐，立刻又羞红了脸，手不停地颤抖着，茶碗差点儿从茶托里掉下来。她连忙顺势把它放在榻榻米上，茶水洒了出来。她实在太爱害羞，我不禁看呆了。

“啊！可真是的。这姑娘春心萌动了。哎呀呀呀……”四十岁左右的女人惊讶地皱起眉头，扔了一块手巾过来。小舞女捡起手巾，尴尬地将榻榻米擦拭干净。

这突如其来的一句话使我猛然反省起自己。顿感在山顶时被婆婆激起的幻想“嘎巴”一声夭折了。

这时，四十岁左右的女人端详着我说：“这小书生的藏青碎白花纹衣服可真好看哪！这碎白花纹和民次衣服上的一样，喏，对吧？是一样的呢！”

她反复追问身旁的姑娘，之后又对我说道：“我老家有个正在读书的孩子，我一时想到了他。你这件衣服上的碎白花纹和他身上穿的一样。最近藏青底碎白花纹的布料也贵了，真够呛啊。”

“他读的什么学校？”

“普通小学的五年级。”

“哦，普通小学的五年级，那……”

“是上的甲府的学校。我们长期住在大岛，但老家在山梨县的甲府。”

休息了约一个小时后，男子将我带到了另一家温泉旅馆。在那之前我一门心思地以为会和他们住同一家旅馆呢。我俩沿着街道向下走，经过了一百多米的石子路和石台阶，又跨过了小河边公共浴场旁的一座横桥。桥对面就是温泉旅馆的庭院了。

我进到室内浴池里泡澡，男子也进来了。聊起了关于他的一些事情，说自己今年二十四岁，老婆流产了一次，早产了一次，孩子都没了。

因他穿着长冈温泉的号衣，我还以为他是长冈人。不管从面相，还是从谈吐，都可以看出来他还是很有学识的。我猜想，他也许是闲不住，也许是倾心于某位艺人姑娘，所以一路跟着帮忙拿行李的。

泡完澡之后，我马上吃了午饭。我们是早晨八点从汤岛出发的，此时还不到下午三点。

男子要回去了，站在庭院里抬头向楼上的我打招呼。

“拿这个买点儿柿子吃吧。不好意思，我从二楼扔下去了啊！”说着，我扔了一小包钱下去。他边拒绝边走开了，但钱袋落在了庭院里，他又不得不返回去捡起来。

“这可不行啊！”他说着便抛了上来。钱袋落在茅草屋顶上。我再次扔下去，他便不再拒绝，拿着回去了。

傍晚时分，下起了暴雨。山峦已无法辨别远近，成了白茫茫的一片。前面的小河眼看着变得又黄又浑浊，水流声大了起来。我思忖着，如此大雨，舞女们肯定不能过来演出了。于是坐立难安，只能一遍又一遍地去室内浴池里泡着。房间里略显微暗。和隔壁屋子之间的隔扇上开了一个四方形的洞，门框上悬吊着一只灯泡，两个房间合用这一只灯泡。

“咚咚咚!”透过激烈的雨声，我隐约听到远处传来敲鼓的声音。我几乎要将防雨窗挠破似的打开它，将身体探出窗外。鼓声越来越近了。疾风暴雨吹打在我的头上。我闭上眼睛，竖起耳朵，细细倾听敲鼓的人打哪儿来，是如何走到这里的。不一会儿，又听到了三弦琴的声音、女人悠长的尖叫声，以及热闹的欢笑声。我顿时弄明白了，原来是小旅馆对面的料理店请了艺人们去宴会上表演。可以听出来有两三个女人和三四个男人的声音。于是，我期待着他们在那边表演完再到这边来。然而，那边的酒宴似乎过于闹腾，甚至有人开始耍酒疯了。女人刺耳的尖叫声不时传来，像闪电般划破漆黑的夜空。我提高了警惕，敞开房门，一直一动不动地坐在那里。每当听见鼓声，心中便感觉稍稍安慰一些。

“哦，原来小舞女正坐在席间敲鼓呢。”

鼓声一停我就受不了了。简直像要被雨声淹没般窒息。

不一会儿，响起了一阵杂乱的脚步声，不知是在玩追逐游戏，还是围成圈儿跳舞。然后又瞬间恢复了宁静。我将双眼睁得圆圆的，试图穿透黑夜，到对面去看个一清二楚。此刻的宁静到底意味着什么？小舞女今夜是否会被玷污呢？我越想越懊恼。

我关上防雨窗，上了床，内心仍然十分苦闷。于是又进到浴池里，粗暴地胡乱扑腾了一阵儿。雨停了，一轮明月升上了天空。被雨水洗礼过的秋夜分外澄净。我想，此刻即便赤脚冲出浴室，也丝毫无能为力吧。此时，已是凌晨两点多了。

三

次日上午九点多，男子早早地来找我了。我刚起床，便约他一起去泡澡。此时的南伊豆正值深秋，景色秀美，碧空万顷。浴室下方的小河水量增多，正享受着暖阳的照耀。连我自己也觉得昨晚的懊恼如梦似幻。我跟他攀谈了起来。

“昨夜闹到很晚吧？”

“什么？你听到了？”

“当然听到了。”

“都是本地人。净喜欢耍酒疯，很没意思的。”

看他一副满不在乎的样子，我也就不再言语了。

“她们去对面的温泉了。瞧，看起来已经发现我们了，正在笑呢，讨厌啊。”

我顺着他手指的方向朝小河对面的公共浴场望去，烟雾缭绕中，七八个裸体女子在水中若隐若现。

突然，一位裸体女子从阴暗逼仄的浴室里跑出来，在更衣处一块突出的位置摆好跳水姿势，双臂大大地张开，喊叫着什么。正是那小舞女。她浑身赤裸，甚至连块浴巾都没有包。她身体白皙，双腿修长，像棵小梧桐树一般站在那里。我遥望着她，感到一股清流注入心田，不由得长舒了一口气，随即忍不住呵呵地笑起来。她还是个孩子呢。她发现了我们，光天化日之下就兴奋地裸奔出来，踮起脚尖，背挺得笔直笔直的。真是个孩子啊！我感到无比快活舒畅，继续呵呵地笑起来，脑子像被冲洗过一般顿时变得清醒了，满面笑容挥之不去。

小舞女的头发过于浓密，使她看上去已有十七八岁了。再加上她平时打扮成妙龄少女的样子，以至于我完全误会了。

和男子一起回到我的房间，不一会儿，年纪最大的姑娘来院子里欣赏菊圃。小舞女正走到桥中央。四十岁左右的女人刚好走出公共浴池，看见了她俩。小舞女连忙耸了一下肩膀，心虚地笑了笑，就迅速折回了。那样子似乎在说，哎呀，要被骂了，我赶紧闪吧。

四十岁左右的女人走到桥上向我们打招呼："来玩吧！"

"来玩吧！"年纪最大的姑娘跟了一句，她们便回去了。男人则一直坐到黄昏。

晚上，我和一位纸张批发商人正下着围棋，忽然听见旅馆的庭院里传来了鼓声。于是，我马上准备起身。

"巡演艺人来表演了。"

"嗯，那东西好无聊。快，快，该你了。我走好了。"他正醉心于胜负，敲着棋盘催促我，而我却坐立难安。艺人们好像要回去了。男子在庭院里冲我打招呼道："晚上好！"

我走到走廊里，冲他招手示意。艺人们在庭院里窃窃私语了几句之后便走进门内。三位姑娘跟在男子后面依次和我打招呼："晚上好！"边说边跪在走廊里，双手触地，行艺人礼。我眼看就要输掉这盘棋了。

"这下没办法了，我认输。"

"怎么会这样呢？明明是我形势不妙嘛。怎么看都旗鼓相当啊！"

纸商连看都不看艺人们一眼，一个一个地数着棋盘格，下得越发谨慎了。姑娘们将鼓和三弦琴归置在房间一角，然后开始在象棋盘上玩起了五子棋。这会儿工夫，我把本该赢的棋局下输了。纸商一个劲儿地央求我："怎么样？再来一盘，再来一盘吧！"我笑而不语，他只好死心，站起身走了。

姑娘们来到棋盘跟前。

"今晚还到什么地方去演出吗？"

"嗯，不过……"男子说着，望了一眼姑娘们。

"咋办呢？今晚就算了，让她们好好玩玩吧。"

"太好了！太好了！"

"不会挨骂吧？"

"骂什么？就算到处转也没多少客人。"

于是，姑娘们玩五子棋玩到十二点多才散了。

他们回去后，我毫无困意，脑子异常清醒。于是，踱到走廊里喊道："纸商老伯！纸商老伯！"

"来了……"年近六旬的大爷从房间里飞奔出来，看上去异常兴奋。

"今晚通宵吧！下到天亮好了。"

我也摩拳擦掌，一副十分好战的样子。

我们约好翌日早晨八点离开汤野。我戴上在公共浴池旁买的鸭舌帽，将高中的学生帽塞进书包里，去了沿街的小旅馆。二楼的门敞开

着，我不经意间走了上去，却见艺人们还在榻榻米上睡着。一时间，我不知所措，呆立在走廊上。

小舞女就睡在离我最近的榻榻米上，她的脸涨得通红，急忙用双手捂住了脸。她和年纪略轻的姑娘睡在同一张榻榻米上。昨晚的浓妆还没有卸去，嘴唇和眼角的红妆稍微晕了一点儿。这让人浮想联翩的睡姿使我胸中升腾起一股从未有过的心绪。她迷迷糊糊地翻身起来，依旧用手掌遮着脸，麻利地从被窝里钻出来，跪坐在走廊上。

"昨晚真是谢谢了！"她柔美地行了一个礼，让呆立在那里的我更加不知所措。

男子和年纪最大的姑娘睡在同一张榻榻米上。在此之前，我完全不知道他俩是夫妻。

"实在抱歉！我们本打算今天动身的，但今晚好像有个宴会，所以决定推迟一天。如果您必须今天走的话，我们就在下田见面吧。我们订了甲州屋旅馆，很容易找到的。"四十岁左右的女人边起床边说道。我顿时感觉自己被抛弃了。

"你能不能也明天走？我不知道妈妈桑推迟了一天。还是有旅伴好啊。明天一起走吧！"男子说道。四十岁左右的女人也随声附和道："是啊。好不容易遇上了，我这么擅自做主实在是不好意思啊！明天就是下刀子也一定要启程。后天就是我那在旅途中死去的宝宝的尾七祭日了，我老早就惦记着等到了下田要做些祷告，所以才这么着急赶路，想在那天赶到下田的。跟您讲这些实在是不好意思，但我们的缘分不一般哪。所以，后天请您也一起祭拜祭拜吧。"

于是，我也决定迟一天动身。然后我走到楼下，一边等大家起床，一边在脏兮兮的账房里和旅馆的人聊天。男子邀我去散步。沿着街道往南边走了几步，就看到一座漂亮的桥。我们倚着桥栏杆站着，他又开始讲起自己的身世。说自己曾经加入了东京的一个新派剧团，那剧团至今仍经常在大岛港演出。又说他们包行李的包袱皮里经常装着一支刀鞘，像一条腿似的伸出来。还说即使在宴会席上也会表演仿新派剧给大家欣赏，以及柳条包里有戏服和锅碗瓢盆等生活用具。

“我误入歧途，落魄至此。不过还好我哥哥在甲府将家业发扬光大了。所以，我是个无用之人啊。”

“我一直以为你是长冈温泉一带的人呢。”

“是吗？那个年纪最大的姑娘是我老婆。比你小一岁，十九岁了。在旅途中早产了第二个孩子，生下来一周便夭折了。她身体还未完全康复。妈妈桑其实是我老婆的母亲。小舞女是我的亲妹妹。”

“啊？你有个十四岁的妹妹……”

“就是那个小家伙。这个妹妹啊，我真的不想让她干这种行当，可我有许多不得已的苦衷啊。”

然后，他又告诉我，他叫荣吉，老婆叫千代子，妹妹叫薰。另外一个十七岁的姑娘叫百合子，只有她是大岛出身，是雇来的。讲这些的时候，他盯着河滩，十分伤感，眼看就要哭出来了。

我们回到旅馆时，看见路边蹲伏着一只小狗。小舞女已卸了妆，正在抚摸着小狗的头。我想回自己住的旅馆，便说道：“去我那里玩儿吧。”

“嗯，可是我一个人……”

“和你哥哥一起来吧。”

“马上过去。”

不一会儿，荣吉就来到了我住的旅馆。

“其他人呢？”

“她们怕妈妈桑唠叨。”

然而，我俩只玩了一会儿五子棋，姑娘们就过了桥，咚咚地上二楼来了。她们像平常那样恭恭敬敬地行了礼，跪坐在走廊里，神情犹豫。接着，千代子率先站了起来。

“这是我的房间。不要客气，请进吧。”

玩了一个小时左右，艺人们去了旅馆内的室内浴池。并再三邀请我一起去。因为有三个年轻姑娘，我就推托说一会儿再去。很快，小舞女便独自一人上来了。

她帮千代子传话道：“嫂子请你过去，说要给你搓搓背。”

我没有去浴池，倒和小舞女下起五子棋来。她出人意料的厉害。淘汰赛时，荣吉和其他姑娘完全不是对手。就连下五子棋几乎找不到对手的我也使出了浑身解数。不用故意让着对手的感觉真好。房间里只有我们二人。一开始，她需要远远地伸出手才能落子。下着下着便进入了忘我的境地，身体几乎要压到棋盘上来。她那美得不可思议的黑发几乎要碰触到我的胸口了。

突然，她脸色一红，惊叫道：“对不起，我要挨骂了。”说着，扔下棋子飞奔出去。只见妈妈桑正站在公共浴池前面。千代子和百合子也慌慌张张地从浴池里爬出来，连二楼都没上，就直接逃回去了。

这天，荣吉从早到晚一直在我住的旅馆里玩。纯朴而亲切的旅馆老板娘提醒我说，招待他那种人吃饭真是浪费钱。

当晚，我去了小旅馆。小舞女正在和妈妈桑学三弦琴。她一看见我便停了下来。被妈妈桑一说，马上又抱起三弦琴。每当歌声略高，妈妈桑便说道：“不是说了不可以大声吗？”

我看见荣吉被唤到对面料理店的二楼去了，嘴里还唱着些什么。

“他在干吗？”

“在唱谣曲。”

“这么奇怪的谣曲！”

“他是个万金油，还不知道会搞出什么名堂呢。”

一名四十开外的男子拉开拉门，招呼姑娘们去吃饭。他是租了这家旅馆的房间开鸡肉锅店的老板。小舞女和百合子拿着筷子一起去隔壁房间吃了老板吃剩下的鸡肉锅。一起回这边房间的路上，鸡肉店老板轻轻地拍了拍小舞女的肩膀，妈妈桑立刻现出一副恐慌的表情。

“喂！别碰这孩子。这可是黄花大闺女呢！”

小舞女喊着“大叔、大叔”，央求鸡肉店老板给她读《水户黄门漫游记》。但鸡肉店老板读了没多大一会儿就离开了。她想让我接着读，但又不好直接对我说，便再三央求妈妈桑替她拜托我读。我心怀期待地接过了书本。果然，她急不可待地凑近了我。我一开始读，她就将脸凑过来，几乎要挨到我的肩膀了。她满脸虔诚，眼睛里像闪烁着星星一般，聚精会神地盯着我的脸，连眨都不眨一下。这大约是她请别人读书时的习惯。刚才也差点儿凑到鸡肉店老板的脸上去了。我一直在观察，她的眼珠乌溜溜的，双瞳剪水，顾盼生姿。这双大眼睛是她身上最动人的地方。双眼皮的弧线也美得无法用语言形容。她笑起来宛若鲜花般娇艳。这样形容她再贴切不过了。

过了一会儿，料理店的女佣来迎接小舞女了。小舞女换好衣服后对我说道："我马上回来。等下请继续读给我听哦！"然后便出了走廊，双手触地行礼道，"我去了。"

"你绝不能再唱了。"妈妈桑交代道。她提着鼓，微微点了下头。妈妈桑回过头对我说："她正在变声期呢。"

小舞女端坐在料理店二楼，打着鼓。那背影看起来就像在隔壁厅里。鼓声使我心情舒畅而雀跃。

"鼓声一响，席间的气氛就活跃起来了呢。"妈妈桑望着对面说道。

千代子和百合子也去了那个厅。

过了一小时左右，四人结伴回来了。

"只给了这些……"小舞女打开紧握的拳头，将手心里的五角钱"丁零当啷"地交到妈妈桑手上。我又读了一会儿《水户黄门漫游记》。他们又聊起了在旅途中夭折的孩子。说那孩子生出来时浑身皮肤薄嫩、透明，像水做的一般，连哭的力气都没有，竟然也活了一个星期。

我完全忘记了他们是巡演艺人，对他们从来不好奇，也不蔑视，这寻常好意已慢慢浸润至他们心中。不知何时起，我已决定了要去他们的家乡——大岛。

"爷爷住的房子好，很宽敞，把他赶走就更安静了。住到什么时候都行，还可以在那里学习。"他们商量了之后对我说，"我们有两处小房子，山上那处是空着的。"

还说正月里要请我帮忙，因为那时他们要在波浮港演出。

此时我恍然觉得，他们在巡演中的心情并不像我起初想象得那么艰辛，而是悠闲愉快，又不失乡野情趣的。同时，也感受到了他们母女兄妹间血浓于水的骨肉亲情。唯有雇员百合子，也许正值害羞的年纪，动不动就腼腆、害臊，在我面前总是寡言少语。

过了夜半，我才离开小旅馆。姑娘们出来送我，小舞女为我摆好了木屐。她站在门口，翘首眺望了一眼月朗星稀的夜空。

“啊，月亮！明天就到下田了，太开心了！要为小宝宝做尾七，还要让妈妈帮我买把梳子，还有其他许多事情要做。带我去看电影吧！”

巡演艺人们辗转于伊豆和相模的温泉浴场，空闲时往往会在下田港休憩调整。这里可以说是他们旅途中的故乡，连空气中都充满了怀恋的味道。

艺人们各自背着和过天城山时一样的行李。小狗将两条前腿搭在妈妈桑的臂弯里，一副淡定的表情。出了汤野，又走进了另外一座山。海上的旭日将山间照得暖洋洋的，我们欣赏着旭日。在河津川的前方，河津沙滩广阔而明亮。

“那就是大岛。”

“看起来那么大啊。欢迎你来大岛。”

秋天的天空分外澄澈，海天相接处布满了朝霞，如春天般绚丽多姿。再步行不到二十公里就到下田了。有一段路程中，大海若隐若现。千代子悠然自得地唱起了歌。

途中，他们问我是走地势险峻但可以少走两公里多的翻山小路，还是走平坦大道。我当然选了近路。

这条林间小道布满了枯枝败叶，崎岖易滑，令人提心吊胆。我累得气喘吁吁，反倒豁出去了。用手掌支撑住膝盖，加快了步伐。眼看着一行人被我甩在了后面，林间只闻其声，不见其人了。小舞女高高地撩起衣服下摆，独自一人急急忙忙地跟上了我。但她始终走在我身后，保持着两米不到的距离。既不想缩短，也不想拉长这个间隔。每当我回头与她攀谈，她都显得很惊讶似的，莞尔一笑，停下脚步回答我。她说话时，我总是停下来等她，好让她跟上我，可她每次都停下脚步，我不走她也不走。山路蜿蜒曲折，更加险峻了，我的脚步越来越急。她仍在我身后不到两米的地方卖力地攀登着。山空人静，万籁俱寂。其他人远远落在后面，连说话声也听不见了。

“您家在东京哪里啊？”

“不，我住的是学校宿舍。”

“我知道东京。赏樱时节我还去跳过舞呢。但那时还小，什么也不记得了。”

她又断断续续地问了我好多问题，“您父亲健在吗？您去过甲府吗？”等。还说到了下田就去看电影，以及已逝婴儿的事情。

到了山顶。小舞女在枯草丛中将鼓解下来，放在凳子上，用毛巾擦了把汗。她本想掸去自己脚上的灰尘，却又忽然在我脚边蹲下来，帮我掸了掸裙裤下摆。我连忙后退，她一下子跪在了地上，弯着腰将我周身全部掸了一遍，然后将撩起的衣服下摆放下来，对站在那里喘着粗气的我说：“请坐吧。”

一群小鸟飞到凳子旁边，周围安静得可以听见鸟儿停在枯枝上发出的沙沙声。

“你为什么走那么快？”

小舞女好像很热。我用手指咚咚地敲了敲鼓，受惊的鸟儿四下逃散了。

“啊，好想喝水。”

“我去找找。”

然而，没多大一会儿，她便从一片枯黄的杂树林中空手而归了。

“你在大岛时，都做些什么？”

小舞女没头没脑地说了两三名女子的名字，开始讲一些令我丈二和尚摸不着头脑的事来。她讲的好像不是大岛，而是甲府。是她读到普通小学二年级时的朋友的一些事。漫无目的，乱说一气。

等了十分钟，三个年轻人爬到了山顶上。又过了十分钟，妈妈桑也到了。

下山时，我和荣吉有意走在后面，一边聊天，一边继续赶路。刚走了两百多米，便看见小舞女跑了回来。

“下面有山泉。赶紧下来，等着你们一起喝呢。”

听到有泉水，我不由得小跑起来。只见树荫下的岩缝里有一股清泉正汩汩地向外喷涌而出。姑娘们则围着山泉水站在那里。

“来，您先喝吧。用手去接的话水就浑了。在女人后面喝怕不干净。”妈妈桑说道。

我用双手掬起一把冰凉的泉水，喝了下去。姑娘们拧着毛巾，擦拭着汗水，久久不肯离开泉水边。

下了山，来到下田的街道上，看见几处烧炭的青烟袅袅而上。我们坐在路边的木头上歇脚。小舞女蹲在路边，用桃色木梳帮小狗梳着长长的毛。

妈妈桑责备她说："你这样会把梳齿弄断的。"

"没关系，到了下田再买把新的。"

在汤野时，我就想问她要这把插在额前头发上的梳子。现在她用这把梳子给狗梳毛，让我很不舒服。

我和荣吉看见马路对面堆放着许多捆矮竹，就议论着，说这些矮竹刚好可以做拐杖，边说边走上前去。小舞女跑着追了上来，手里拿着一根比自己身高还要长的粗竹竿。

"你要干吗？"被荣吉这么一问，小舞女有些不知所措，就将竹竿往我面前一放。

"给你当拐杖用。我弄了根最粗的。"

"这可不行！用粗的别人一看就知道是偷来的。被发现了就不好了。快还回去！"

小舞女返回竹子堆处，又跑回来。这次给了我一根中指粗细的竹竿。她身子没站稳，差点儿倒在田埂上。气喘吁吁地等着其他几位姑娘。

我和荣吉一直走在她们前方约十米处。

"把那颗牙拔掉，装上一颗金牙完全没关系的呀！"小舞女的声音忽然飘进我的耳朵。我回头望去，她正和千代子并肩走着，妈妈桑和百合子则走在她们后面不远处。千代子似乎并未发现我回头，接着小舞女的话说道：“是啊。你就这样告诉他吧。”

她们像是在议论我。千代子曾说过我的牙齿不整齐，所以小舞女才提议换金牙吧。应该是在谈我的相貌。对此我并不反感，反倒油然而生一种亲切感，连她们的谈话也无心窃听了。

“是个好人呢。”

“确实。看上去像个好人。”

“真是个好人啊。这真是太好了。”

两人的对话单纯而率真。声音也有一种毫无顾忌地将心中所想一吐为快的感觉。我自己也实实在在地感觉到自己是个好人，顿时心情舒畅，不由得抬头，极目远眺那些明亮的群山。我感到眼皮有些微痛。二十岁的我性情孤僻，甚至有些扭曲，为此我时常深刻反省。因为实在无法忍受这种令人窒息的苦闷，所以才来伊豆旅行。所以，被人说成通常意义上的好人时，我心里有种难以名状的感激。快到下田海滨了，群山被映照得明晃晃的。一路上，我挥动着刚才那根竹竿，戳断了不少秋草尖。

途经的每个村庄入口处都竖着一块牌子：“乞丐和巡演艺人不得进入。”

从北入城口进入下田之后，很快就到了甲州屋旅馆。我跟在巡演

艺人后面登上了阁楼似的二楼。那里没有天花板，临街有个小窗户，我往窗户前一坐，头就碰到了屋顶。

“你肩膀不疼吗？”妈妈桑一再叮问小舞女，“手不疼吗？”

小舞女做出打鼓时的漂亮手势说：“不疼。可以敲，还可以敲的。”

“那就好。”

我试着将鼓提起来。

“哎呀，挺重的嘛！”

“比您想象中重吧？比您的书包还重。”小舞女笑了。

艺人们和同住在旅馆里的人热情地寒暄着。他们也大多是卖艺或跑江湖的人。下田港似乎就是这些四处奔走谋生者的家。客店的小孩儿摇摇晃晃地跑到房间里来，小舞女给他们发了铜币。我正要走出甲州屋，小舞女抢先一步绕到玄关，帮我摆好木屐，然后自言自语地嘀咕着：“带我去看电影吧！”

一个流里流气的男子给我们带了一半路之后，我和荣吉去了一家旅馆。旅馆的主人是前任镇长。泡完澡，我们一起吃了午饭，菜肴中有很新鲜的鱼。

“用这个帮我为明天的法事准备一些花吧。”

说着，我将仅剩的一小包钱交给荣吉带回去。我不得不乘坐明天一早的船回东京，因为旅费已经花光了。我对他们说学校有事，所以他们也不好再强留我。

午饭后不到三小时，我就提早把晚饭吃了。然后便独自一人过了桥，向下田北走去。我爬上了下田的富士山，远眺海港的景致。回去途中顺便去了甲州屋，艺人们正吃着鸡肉锅。

“您不来尝尝吗？虽说女人先动筷就不干净了，但以后作为笑料讲讲也不错。”妈妈桑说着，便从行李箱里拿出碗筷，吩咐百合子去洗了。

大家纷纷说着，明天就是婴儿的尾七了，哪怕再停留一日也好啊。我拿学校当挡箭牌，没有答应他们。妈妈桑又反复对我说：“那寒假我们去码头接您哦！要通知我们放假日期啊，我们等您。可别住什么旅馆啦，我们会去码头接您的。”

房间里只剩下千代子和百合子，我邀请她们去看电影，千代子按住腹部说道：“我身体不舒服，走不了那么多路。”

她脸色苍白，看起来已精疲力竭。百合子拘束地低着头。小舞女正在楼下和旅馆的小孩子玩耍，一看见我，就马上搂着妈妈桑央求她同意自己去看电影，结果却颜面尽失，木然回到我这边，帮我摆好了木屐。

“怎么？让他带她一个人去不好吗？”荣吉插了一句，但妈妈桑似乎不同意。我实在不明白为何不让她一个人去。当要走出玄关时，我看到小舞女正抚摸着小狗的头。她看起来很冷淡，我也不知道该怎么搭话。她好像连抬头看我一眼的力气都没有了。

我一个人去看了电影。女解说员在小煤油灯下念着解说词。没多大一会儿，我就起身回了旅馆。我将胳膊肘支在窗台上，久久地凝望着夜里昏暗而阴郁的街景，似乎听到远处传来微弱但连绵不绝的鼓声。不知何故，我潸然泪下。

动身那天早晨七点，我正在吃早饭，荣吉在大街上喊我。他穿着黑色印有花纹的和服外褂和裙裤，应该是为送我而特意穿的礼服。姑娘们没来。我感到一阵落寞。荣吉来到我的房间说道：“原本大家都想送送你的，但昨晚睡得太晚了，早上起不来，实在是抱歉！她们说等您冬天再来，一定要来呀！”

早晨的大街上秋风萧瑟，寒意渐起。荣吉在半路上给我买了四包敷岛牌香烟、柿子，以及薰牌口气清新剂。

“因为我妹妹的名字叫薰。”他微笑着说，“在船上吃橘子不好。但柿子可以吃，防止晕船。”

“这个送给你吧。”

我摘下鸭舌帽，扣在荣吉头上。然后从书包里掏出学生帽，把褶子抻平。两人都笑了。

快到码头时，蹲在海边等待的小舞女的倩影赫然闯进了我的心里。她一动也不动地待在那里，直到我走到跟前，仍低着头沉默不语。昨晚的妆还没有卸，这更加使我为之动容。眼角的胭脂为她的容颜平添了几分天真的严肃，似乎还在生着气。

荣吉说道：“其他人来了吗？”

她摇摇头。

“她们还在睡吗？”

她点点头。

趁荣吉去买船票和驳船票的工夫，我找各种话题和她攀谈，但她一直低头凝视着运河入海处，什么话也不说。只是我的话还没说完，她就不停地点头附和。

这时，一位建筑工人模样的男人走过来。

“婆婆，这个人挺合适的。”

“学生，你是去东京的吧？我一眼就看中你了，可以拜托你把这位婆婆带到东京吗？她很可怜的，儿子原本在莲台寺的银山干活儿，这次染上了流感，儿子、儿媳都死了。留下这三个小孙子。实在是没有办法，我们就商量着让她回水户老家。可是婆婆啥也不懂，到了灵岸岛，你可以把她送上开往上野车站的电车吗？太麻烦你了，我们给您作揖行礼了！拜托了！唉，您看到她这般处境，肯定也会动恻隐之心吧！”

婆婆迟眉钝眼地站在那里，背上背着一个正在吃奶的婴儿。左右手分别牵着一个三岁、一个五岁的女孩子。脏兮兮的包袱皮里露出饭团和腌梅干。五六个矿工正在安慰她。我很爽快地接下了照顾婆婆的任务。

“拜托您了！”

“谢谢了！我们本应把她送到水户的，可是也送不了啊。”矿工们一个个地向我致谢。

驳船摇晃得厉害。小舞女仍紧闭双唇，凝视着刚才的方向。我回头抓绳梯时，想说句“再见”，但却欲言又止，再次对她点了点头。驳船往回开了，荣吉拼命地挥动着刚才我送给他的鸭舌帽。船开出很远之后，小舞女才开始挥舞起手中白色的东西。

我一直倚着栏杆，出神地遥望着海上的大岛，直到轮船驶出下田海面，伊豆半岛南端消失在视线之中，感觉和小舞女分别已是很久很久以前的事了。我朝船舱里瞄了一眼婆婆，见有不少人围在她身边宽慰她，遂安心地走进隔壁船舱。相模滩风急浪高，一坐下就不住地左倾右倒。船员来回走动着，给乘客们发金属小盆。我拿书包做枕头，躺了下来。脑中一片空白，已感觉不到时间的存在，眼泪扑簌簌地打在书包上。枕着浸湿的书包，我感到脸颊冰凉，只得将书包翻过来。我的旁边躺着一位少年，是河津一家工厂老板的儿子，去东京准备入学的，所以他对戴着一高学生帽的我颇具好感。

“是遇到什么不幸的事了吗？”

“不，我刚和朋友分别。”

我回答得很直接。即使被人看见掉眼泪也毫不在意。大脑处于放空状态，似乎在这份令人神清气爽的满足中安静地睡着了。

不知何时，海面暗了下来，网代和热海已亮起万家灯火。我感到又冷又饿。少年打开一份竹叶包的海苔卷寿司递给我。我似乎忘了这是别人家的东西，狼吞虎咽地吃光了。然后钻进了少年的学生斗篷中。此刻的我内心感到美好又空虚，哪怕别人对我再好，似乎都可以理所当然地接受。明天一早带婆婆去上野车站，再帮她买好去水户的车票，这也是理所当然的事情。我感到万事万物都已融为一体了。

船舱里的煤油灯熄了。船上弥漫的生鱼和潮水气味越发浓重。一片漆黑之中，我借着少年的体温暖和起来，任眼泪肆意奔流。脑子好像变成了一汪清水，啪嗒，啪嗒，一滴滴地溢出来，剩下的只有甜蜜和畅快。

（1922 — 1926年）

» 母亲的初恋

㊀

佐山提醒妻子时枝，不要再让雪子做厨房那些沾水的杂事了。婚礼的时候，如果白粉施得不匀，会不好看的。

同为女人，时枝是应该考虑到这些细节的。况且，雪子是佐山昔日恋人的女儿，碍于这层关系，佐山也是三缄其口才提醒了时枝。

但时枝一点儿不高兴的表情都没有，她点头道："是啊，至少也要去两三次美容院，熟悉一下化妆，否则直接施白粉可能会不习惯呢！"

然后时枝对雪子说："雪子，不要再做饭和洗刷了。杂志里也写了，结婚典礼那天，如果手不美观的话，会很不体面的……睡觉的时候，涂点儿护手霜，戴上手套睡比较好呢！"

"知道了。"

雪子边擦手边从厨房出来，跪在门槛边听着，脸倒也没变红，又低着头，起身走向厨房。

这是前天傍晚时分的事了，但今天白天，雪子依然站在厨房里忙碌着。

她恐怕要准备好结婚典礼当天的早饭才会离开这个家吧。佐山想着，往厨房看去，只见雪子试探着伸出舌头，尝了尝小碟子里的鱼露汁，眼睛陶醉地眯了起来，看起来很满意。

佐山不由得凑过去，轻轻拍了拍她的肩膀。“可爱的新娘子，一边煮饭，一边想什么呢？”

“想什么呢……”雪子自言自语着，陷入了沉思。

雪子喜欢料理，从女校三年级开始，就经常给时枝打下手。去年毕业的时候，已经可以独当一面。如今时枝已经让她帮忙调味了。“雪子，来尝尝这个！”

此刻，雪子将要出嫁了，佐山才忽然意识到，她和时枝调的味道是完全一样的。

连母子或姐妹也未必能做到这样。佐山想起老家的两位姐姐。她们在结婚之前练习了厨艺，二姐做的小吃总是偏甜，被大家笑话。

偶尔回老家时，佐山虽然很想念母亲亲手做的饭菜，但已不太合胃口，有点儿吃不下了。这样看来，如今佐山家的味道应该是时枝从娘家带来的。雪子从十六岁被佐山认领之后，完全继承了时枝的味道，也将把这种味道带到自己的新家去，想来真是不可思议。不仅是厨艺，她一定还继承了其他方面。

雪子调的味道，应该很合她未来的丈夫若杉的口味吧。

他越发觉得雪子惹人怜爱。

走进餐厅，他一边抬头看了看布谷鸟挂钟，一边急吼吼地喊：“哎，快点儿吧！我要乘一点三分去大垣的车。”

“来啦！”雪子赶紧端上饭菜。把在厨房看火的女佣也叫了过来。

雪子坐下来，为佐山和时枝盛好饭。

佐山看了看她的手，似乎并没有因为经常沾水而变粗糙。也许是因为肤色白，毕竟她只有十九岁。她的脖颈丰满白嫩，散发着温热的体香。

佐山不由自主地笑了一下。

时枝抬起头问道："怎么了？"

"哦，没什么，雪子戴着戒指呢。"

"是啊，毕竟是结婚戒指嘛，既然人家送了，我就让她戴上了，这有什么好奇怪的？"

雪子的脸一下子红了，慌忙取下戒指。塞到坐垫下面。

"对不起，对不起，不是笑你，怎么说呢？我这个人有莫名其妙发笑的习惯，寂寞的时候，我也会一个人笑笑解闷儿的。"

佐山为自己打圆场，但雪子仍然僵在那里，很尴尬的样子。

佐山自己也不知道为什么会发笑，雪子的尴尬也有些异乎寻常。

因为已经换好了出门穿的西装，佐山吃完早饭就马上出门了。

雪子为他拎着包，走到前面去开门。佐山伸出手说："好了，不用送了。"但雪子忧郁地抬头望着佐山，摇摇头说："我想送您到车站。"

佐山看出她有什么话想说，于是就一起出门了。

他这次专程去热海，是为了给雪子和若杉订蜜月酒店的。

佐山故意放慢了脚步，但雪子沉默不语。

于是，佐山主动问："你喜欢什么样的酒店？"尽管这话已问过多次了。

“叔叔觉得好就好。”雪子答道。

直至大巴进站，雪子什么也没再说。

佐山上车之后，雪子仍在原地目送他远去，然后平静地将一封信投进了路边的邮筒里。她看起来表情凝重，似乎有些迟疑。

佐山透过车窗望着雪子的背影，心中矛盾不已：还是等这孩子到了二十二三岁时再出嫁比较好吧?

她刚才投出的信上好像贴的是两张四分的邮票，是往哪里寄的呢?

确实如时枝所说的，蜜月旅行的酒店只要打个电话或者寄个明信片就可以预订了，但佐山还是以顺便找找剧本素材为由，专程去了热海。

雪子从开始懂事起，就随母亲和继父一起过着贫苦的生活。被佐山收养后，虽说安定下来了，但只能算是寄人篱下。若只是麻烦亲戚倒也罢了，但这一切却是因为一些奇妙的事情造成的。也许对她来说，就像被困入了牢笼。

她一定想通过婚姻获得属于自己的生活和家庭。

佐山尽心竭力地帮她挑选酒店，想让她在婚礼的次日，在一种强烈的解放和独立的意识中醒来。还是挑选一家视野开阔的酒店比较好，可以让她有一种走出洞穴来到旷野、拨云见日的感觉。

热海酒店南眺大海、傍依海角，非常合适。但酒店的内部格局是开放式的，许多新婚夫妇也会选择到此入住。内向且年纪尚小的雪子，可能会感到羞怯。最近开的一些新式酒店的风格也有点儿过于开放了。

最终，佐山选定了一家古色古香的可供出租的小别墅型酒店。这些别墅散布在宽敞庭院的树木和山坡之间，瀑布和水池也很自然、娴静，像自己的家一样给人以归属感，还有温泉。而且远离山脚下的小镇，很是幽静。

佐山站在庭院里望着一个小别墅，感觉有些昏暗，于是赶紧选好了房间，回饭店主楼他自己的房间去了。

因为期待着度过两天悠闲自在的时光，他连一本书都没带。但就这么无所事事地坐两个小时，实在是闲得无聊。

“唉，这样待着真没劲儿呀。”佐山自言自语道。

他似乎感觉到自己思考力和想象力的源泉已经枯竭，贫乏得可怜。

究竟是被什么蒙骗，过着如此匆忙的日子呢？

制片厂的工作也不是很忙。虽然刚刚四十出头，但佐山作为电影剧本作家已经退居二线了，不必每天都去上班。那些内容一般的小说都交给年轻人去改编了，他只是与合作多年、志趣相投的导演相互组合，写一些自己喜欢的剧本。这主要仰仗于多年积累的工作经验，这些经验帮他确定了稳固的地位。

但是反过来想，也说明自己已经不是在任编剧了，已经成了对制片厂没有多少用处的人。

电影的人气度总是在频繁更迭的，这再正常不过了。但具体到佐山，就像一位当红女演员到了年龄也不得不转型演老年角色一样，他目前处于一种比较难堪的境地。

他有些迷茫，不知道自己是应该重整旗鼓，继续当电影剧本作家，还是应该离开制片厂，去干戏剧编剧的老本行。最近有个大剧院委托他为明年二月的庆典写剧本。很久没有写戏剧剧本了，他觉得这是重操旧业的好机会，所以想在温泉酒店安静地构思一下。

然而浮现在他脑海里的，只有自己迄今为止编写的那些影片场面的支离破碎的片段，他感到十分沮丧。而且影片中有几位女演员已不知去向，那些电影好像成了过去的亡灵。

即使再怎么拼接，也只是一些不合情理的刻板印象，没有自己的特色。他更加后悔不该为这样的东西而耗费青春。

但如今，想摒弃依赖制片厂的电影剧本作家一贯的思维方式，又感到孤独、无聊、厌倦，如坐针毡，脑子里一片空白。“还是应该把老婆也叫来啊。”佐山一边若有所思地笑着，一边慢悠悠地刮起了胡子。

时枝比佐山小十一岁，她全心全意地打理这个小家庭，把一切希望都寄托在孩子身上，几乎忘记了自己的青春韶华。佐山认为这才是合乎常理的。像自己这样，出于职业需要，今后也许在某些方面还要继续与年轻一代比拼的人，也许迟早会遭到上天的惩罚。

佐山想起了雪子的母亲民子，她才刚刚三十二三岁时，身体就像散了架似的羸弱不堪。

时隔十多年，佐山与昔日的恋人民子相遇时，民子说：“您真的事业有成了，我为您感到开心啊。”听了民子这番发自肺腑的真心话，佐山也不好否认。民子说：“我一直拜赏您的大作，还经常带孩子去看呢！”

她竟然用了“大作”这样的词，佐山实在是感到羞愧。他只是改编小说家的原作，然后由导演搬上荧幕，真正属于他的“大作”的部分又有多少呢？改编的内容里面，也包含了多人的意愿和要求，并不是他想怎么改就怎么改的。说是他一个人的“大作”，听起来反倒有股讽刺的意味。

但此时并不是剧本作家诉苦的时候，于是佐山换了个话题，问起了民子的孩子。也就是如今即将出嫁的雪子。

那是六年前的事了。妻子时枝带孩子购物回来时，看到有一名女子趴在她家的门上，偷偷地往里面张望。时枝正想转到后门看看是谁，这女子一看到时枝，就像偷腥猫一样逃走了。但还没跑到马路上，就撞在谁家的围墙上，就势蹲了下来。

时枝有点儿害怕，对佐山说：“你不来看一下吗？”

佐山以为是制片厂的哪位女演员，结果走出去一看，连影子都没有一个。于是问时枝是个什么样的女人。时枝说：“并没什么可疑的，就是看起来像个病人。”

“病人？”正说着，门口传来女子的声音。

时枝看了一眼佐山，替他出去了。

回来的时候面露不悦：“喂，是民子哦！”

“民子？”佐山迅速起身。

时枝用力拍了他一下：“你不会是要见她吧？”

佐山面对时枝的怒气，有些左右为难："嗯？这究竟是……"

"没出息！"时枝冷笑了一声。

当佐山要走向玄关时，她高声呼唤两个孩子，带他们从后门出去了。

佐山没想到她竟然出去了。虽然对她心存歉意，但一时间也有些生气。

昔日背叛他的恋人突然造访，自己乖乖地出门迎接，的确是挺没出息的。对于现在的妻子来说，是莫大的羞辱吧。

但佐山心中全无那种对昔日恋人的感觉。只是觉得她可能有什么事情，或是没钱了之类的。

想必民子也听到了时枝的吵闹声。佐山觉得有些没面子，倒不如说是为了虚荣，替妻子去开了大门。

佐山故作平静地将民子带到了书房。

民子反复说道："您太太一定认为我是个厚脸皮的女人吧。今天如果不是被她看到了，我可能就像之前那样回去了。我曾经来过您家大门口两三次，实在是觉得羞愧，所以就没有打扰。"

民子谦卑得有些可怜。而且她想念佐山。不止是口头上说说，看得出来是真心实意地想念。

佐山觉得对不起民子，甚至觉得自己有些厚颜无耻。

他问起民子的经历。民子像对至亲的人一样，诉说了自己这些年的经历。第一次嫁的男人得了肺结核，跟着他回了老家，看了四年病，最终也没能挽回生命。五年前带着唯一的女儿和现在的丈夫根岸结了婚。

“我过得真是辛苦啊。这都是报应……那时，我没有把握住自己的幸福，后悔也没有用了，我现在已经心如死灰了。艰难的时候，想起佐山君，真是痛心疾首，当初是我自己太任性了。”

她把这些说成是背叛佐山的报应，认为嫁给佐山就一定会幸福。

根岸是从朝鲜流浪回国的矿山工程师，回到日本之后依然改不掉投机的毛病。虽然运气好，在矿山找到一份工作，但他好高骛远，野心勃勃，很快就被解雇了。经常连去了哪里都不知道。民子为了追寻丈夫去过许多矿山。偶尔在东京稍微稳定了一些，他就让民子去酒吧打工，攒点儿小钱之后就又飞走了。

民子积劳成疾，身体受损，心脏和肾脏都不好。连医生都感到很惊讶，她居然还能起身工作。刚才被时枝发现而逃跑时，她的眼睛忽然就看不见了，头晕目眩，倒地不起。她常常想，自己总是这样晕倒，或许有一日真的就此死去了吧。

民子的脸毫无血色，双手青筋暴起，身上瘦骨嶙峋，头发也很稀疏。

她说这次终于下定决心要和根岸分开了。

为了自己和女儿两个人的生计，她想开一个咖啡馆，问佐山可否借她五百日元。

如今同类型的店像流行病一样遍地都是，五百日元根本开不了什么像样的店。她能在这些店铺的竞争中生存下去吗？况且，民子的身体根本支撑不了这个店吧？

但民子说：“附近有一家很好的店，主人要回国了，他说如果我接手的话，会以很便宜的价格转让给我。因为是连货带铺一起兑出的，哪怕明天就开张也没有问题。我女儿很憎恶父亲，所以很期待这个店。”

“她几岁了？”

“已经十三岁了，学校马上就要放假，她可以过来帮忙。”

接着，民子幸福地描绘起店铺的样子和周遭的环境来。

然而，佐山拒绝了她，他说自己手头没有五百日元的现金，也不是筹集不来，只是手头没有闲散资金。

民子似乎难以置信，她一直认为佐山是成功人士。被佐山的拒绝敲醒了之后，她立刻反省到自己本不该来借钱，连声说不好意思。她无助地哭泣起来，看上去已精疲力竭。

两人并没有发生过肉体关系，就更不应该向他索取了。

佐山又问起孩子的事，心想那孩子至少应该长得像民子吧?

“和你长得像吗？”

“她不太像我。眼睛大大的，人见人爱。早知道就把她带来了。”

“是啊。”

“雪子看过佐山君的电影，我也经常在她面前提起您，所以她对您很熟悉。”

佐山的表情有些难受。

时枝还没有回来，但因为她带着孩子，所以佐山并不担心。

民子边哭泣边继续诉说着现在的艰辛和对过往的怀恋，她突然感慨道：“佐山君，您可真厚道啊……”

佐山不明白她的意思，她的本意就是和根岸分手，开个咖啡馆，希望佐山帮点儿忙吧，或者仅仅是为了怀恋佐山的人品而来?

民子在佐山家待了两个小时。

黄昏时，时枝回来了。她看到佐山的样子，似乎也打消了不安的情绪，又吐槽了民子一番。最后说到借钱，又谈起民子的境遇。

“她经常来借钱呢。你打算借给她吗？”

“我没钱，那也没办法呀。你刚才去哪儿了？”

“带孩子们去公园玩儿了。”

在雪子蜜月旅行的热海的温泉酒店，佐山想起她母亲的这句话：“佐山君，您可真厚道啊……”

那句话听起来似乎是在嘲弄他，又像是在诉说民子那糟糕的男人缘。

帮助料理民子的丧事和送雪子出嫁也正是因为佐山的厚道和时枝的善解人意。

那是在民子来过之后，刚到二月份，一天傍晚，佐山从制片厂回来。

时枝告诉他：“民子今天又来了。还带着孩子……”

“哦？还带着孩子？孩子怎么样？”

“特别好。很可爱。比她母亲还要漂亮。如果是你的孩子那可就有意思了哦。”时枝开着玩笑，那份淡定倒是让佐山有些意外。

“那她们进屋了吗？”

“嗯，刚走。我们聊了好多。听她讲述之后才知道她真是个可怜人啊，悲惨的经历说也说不完。”

时枝对民子的反感似乎完全消失了，剩下的只有同情，并且对同情民子的自己感到欣慰。

民子已经不是威胁他家庭和睦的因素了，时枝和民子已经能够像好朋友一样亲密无间地聊天了。这真是超乎佐山想象的飞跃。

现在时枝看起来比佐山更了解民子的经历。

“她说已经和岸根分手了，就是那个矿山工程师。”

“分手了？咖啡馆开起来了吗？”

“好像没有呢。”

时枝说她是个意志坚强的人，甚至考虑到了独生女儿的将来。

从那以后，民子没再来过。半年后，佐山偶然地在银座遇见了她。

民子依然很热情地随佐山一路走去。

佐山说到时枝夸赞雪子的事情，民子的眼神瞬间亮了起来，笑着说一定要让佐山也见下雪子，说着便已经开始寻找出租车了。

佐山并没有想现在就去，他对自己像被牵着鼻子走一样，感到有些不快。

但民子说：“就她一个人在家，您完全不必介意。”

他们来到麻布十号陋巷的民子家，身穿水手服的雪子，正在简陋的书桌前学习。大概正在读女校吧。

民子叫她来打个招呼，她起身走过来，羞涩地鞠了个躬，便低头不语了。看起来不用母亲介绍，她也知道来人是佐山。

佐山说："没事，你去学习吧。"但雪子莞尔一笑，点点头，但依然坐在佐山面前没有动。

家里几乎没有家具，因为整理得很干净，反而显得越发清冷。佐山想：是不是有哪位男士关照，她们才得以搬到这陋巷？民子的身体看起来似乎好点儿了。

民子又说起从前的事情："那时我真的是太孩子气了，什么也不懂。真像做梦一样。但后来我慢慢明白了，一直在心里说对不起，没想到还可以像现在这样见面。"

因为有孩子在，佐山有点儿尴尬。

民子看了看雪子，说："没事的，这孩子全都知道。她还问我：'你受到佐山太太的热情款待，真的合适吗？'"

不知道雪子是如何听母亲讲述自己的初恋的。

"雪子是个无依无靠的孩子，我万一有什么闪失，您可以帮我照顾她吗？正因为如此，我才经常给她讲佐山君的事情。"

民子的话萦绕在佐山的耳边，他有点儿摸不清她的话中之意。

他觉得民子是出于对他单纯的信任，所以答应了。但又觉得，也许她是想让他帮忙盘下咖啡馆，这种猜疑使他觉得，民子的话里还有请他关爱雪子这样的意思。也许在两段婚姻之外，她还有其他男人，还做过谁的小老婆。像她这样处境的女人，为了生活无着的女儿，也许真的会萌生出这样的念头。

总之，佐山已经是中年男人，不是单纯的容易听信别人的小伙子了。

曾经有几位女人教佐山懂得，没有肉体维系的男女关系就等同儿戏。

民子就是最初的那个女人。

正如她自己所言，和佐山订婚时，她完全是个孩子，沉溺于爱河却又草率地嫁给了其他男子，年轻的佐山无论如何也猜不到个中缘由。最终，他固执地认为，是因为他没有强占民子的身体。这件事虽然平常，但对于那时的佐山而言，的确是非常惨痛的经历。

佐山视为珠玉般珍贵的东西却被其他男人的脏脚践踏了。他只能眼睁睁地看着姑娘的肉体被白白地掳走。

民子跟了其他男人之后，佐山去她的公寓找过她，她故作姿态地说："不可能了。我都已经这样了！"

"没什么大不了的呀！你不是好端端地在这儿吗？"

佐山说的是心里话。但民子猛地站起来，开始哗啦哗啦地打扫房间，像是要把佐山赶走。

后来，佐山很后悔没有把她强行带走。不是谁更爱民子，也不是谁能使民子幸福的问题，而是暴力为胜。

虽然被民子背叛了，但佐山并没有责怪她，反而觉得是自己的过错。当初佐山和朋友们创办戏剧研究会，举办学生戏剧演出时，民子代替一位女演员来帮忙。他们就这样认识了。就在那段时间，佐山提出想和她结婚的想法，民子立刻答应了。佐山一毕业就进了制片厂，他对电影这种比戏剧更加新颖的艺术怀着满腔的理想和热情，并想让这种理想和热情在自己的爱人民子身上开花结果。他将民子引荐进了制片厂。如果当时就马上结婚，他担心民子好不容易崭露头角的才能得不到施展，也不好意思为了自己的女人去拜托别人。至少等扮演了好角色之后再说吧。他就一直怀抱着这样梦幻般的婚约。谁知道制片厂来了一个毫不起眼的电影新闻记者，花言巧语地哄民子说要为她宣传，结果民子就被他拐跑了。

后来听说民子产下了雪子，随他回到乡下，在他生病期间一直照顾他，直到他去世。

刚失去民子时，每当在电车上遇到和民子差不多年纪的十七八岁的姑娘的和服触碰到佐山的手时，他都抑制不住地想哭。

不在家的时候，总觉得民子会突然回来，连外出都心神不宁。

十几年后的今天，虽然民子站在了他面前，但他面对着这个被耗尽了的，如糟粕般的女人，再无品味的兴趣。

如果民子所言句句属实，她一直都爱着佐山，在心里忏悔，怀念过往，对自己的女儿雪子讲述有关佐山的事，那么背叛了爱情的又是谁呢?

民子潦倒了，在她的眼中，佐山“成功”了，才会发生眼前这一切。每当民子悲伤或经历苦难时，她一定会幻想着如果当初嫁给了佐山，一定会幸福的吧。她就这样舔舐着自己的不幸。

纵然民子曾为自己打算过，但她始终心怀爱意。佐山对这份青涩的爱始终未曾泯灭而感到不可思议。

已经被他遗忘的爱的种子，居然勉强长出了果实。这皱巴巴的、酸涩的果实，要如何咽下呢?

佐山觉得，最初是他的这双手弄乱了民子的一生，使她陷入不幸的。他爱过民子，被民子背叛过，悲伤过，然后又忘却了这一切。又有什么损失呢?

他匆匆地离开了民子家。

民子带着雪子出来送他。

走在坡路上，雪子远离两人，沿着路边的沟沿走着。

“雪子。”民子喊她，但她依然沿着沟沿走。

母民子辞世，雪子

第二年的四月，佐山接到了一封电报。

“雪子……发报人是雪子。那孩子孤身一个人，该多么无助啊。我们去一趟吧？”时枝对佐山说。

此刻，“雪子”两个字无法言说地深深刻进了佐山悲伤的胸膛。

自从他去了母女俩在麻布的家，就再无音信传来。如今雪子是出于什么心情，以自己的名义向他发了母亲离世的电报呢?

“还不知道葬礼什么时候办，如果在葬礼之前去，可能还需要准备一些钱。”

“这种事情……你何必周到到这种地步呢？你也真是的……”时枝觉得他没道理这样做，立刻沉下脸来。但马上又笑着掩饰道，“这也是没办法的事。就算我们尽最后的义务吧。真是不可思议的灾难啊。”随后将佐山的丧服准备好。

民子家周围聚满了街坊邻居，乱糟糟的，他们都不认识佐山。

佐山喊道：“小雪，小雪！”

雪子立刻跑出来。从这神采奕奕的少女身上，完全看不出丧母之痛。

她看到佐山似乎吃惊得说不出话来，随即露出纯真的笑容，脸颊微微红了。

佐山的心立刻暖起来，啊，幸好来了。

他默默地走向灵台，点了香。

雪子也跟过来，她坐在民子遗体的头部旁边，微微弯下腰唤着“妈妈”，随即取下盖在她脸上的白布。

比起民子的去世，雪子告诉妈妈他来了，并给他看妈妈的遗容，更让他感到内心的刺痛。

佐山看着民子平静、蜡白的脸，不由得说：“她走得很安详啊。”

雪子点点头：“我妈妈她……”

“你妈妈说了什么？”

“她说拜托佐山先生了。”说着，雪子忽然掩面抽泣起来。

“所以你才给我发电报的？”

“嗯。”

佐山拍了拍雪子的肩膀：“你做得很好，谢谢！小雪不可以哭哦，小雪一哭，大家就不知道怎么办了。”

雪子温顺地连连点头，拭去了眼泪。

佐山将白布盖在民子的脸上。

已经到了开灯的时间。

佐山回也不能回，待在这里也别扭，于是退到角落里打算看看情况再说。雪子兴冲冲地将坐垫、茶、烟灰缸等全部拿到他面前。那努力的样子真是惹人怜爱。她只为佐山一个人服务，仿佛其他客人都不存在。即使还是少不更事的女孩，但这也太明显了，大家都看在眼里。佐山将雪子叫到外面。

但这只是雪子在悲伤之时无意识的行为，他实在不忍开口对她说“不要只招呼我一个人”。

“是谁在张罗葬礼？”

“我把他们叫过来吧。”

“不用了。守夜时需要吃的东西准备了吗？”

“不清楚。”

“那需要订点儿食物啊。这附近有寿司店吗？”

“有。”

“一起去吧。”

顺着昏暗的下坡路往前走着，佐山忽然心生悲戚。

雪子还是沿着沟沿走。

“走中间吧。”听到佐山叫她，雪子一惊，赶紧凑过来。

“啊，樱花开了呢。”

“樱花？”

“嗯，那里。”

雪子指了指一幢大房子的围墙上方。

佐山掏出一些钱，雪子像见到什么可怕的东西一样不肯接受。

“小雪也稍微备一些钱吧，也许会用到的。”说着想往雪子怀里塞，雪子连忙闪躲，钱全部散落在马路上。

佐山正要去捡。雪子果断地说：“我来捡。”弯下腰的一刹那，眼泪像决堤一般冲出来。

直起身之后，仍边走边哭。

“回去之后可不能再哭了哦。”

两人一回来，街坊邻居们就跑来找他商量葬礼的事情。大概是在离开的这段时间里，他们意识到佐山是个重要人物，或者有事应该找他商量。

民子的老父亲从乡下过来参加葬礼，但他就是一个贫苦农民，不知所措，只一味地退缩谦让。

邻居们再三劝佐山先去休息，仿佛有他在场，大家就觉得很不自在似的。

“小雪这几天也累了。今晚早点儿睡吧。休息不好的话，明天会很辛苦的。隔壁二楼有床，快带你叔叔去休息吧。”

雪子在佐山旁边等他，所以他就向隔壁二楼走去。

大约十平方米的房间里摆着三张床。一边的床上已躺着一个女人。佐山就躺到壁龛那边的床上。

雪子躺在中间的床上，辗转反侧，难以入眠。

“睡不着吗？”佐山刚一问，她就又抽泣起来。

佐山远远地伸手抱了一下雪子的头，雪子抓住他的手，把脸埋了进去。

他的手掌被雪子温热的眼泪弄湿了。此刻，他相信这是民子传递给他的悲伤的爱意。

“睡不着吗？”

“嗯。”

“很难受吧。”

雪子一边摇头一边说：“这被子很臭，好恶心。”

“嗯？”佐山钻出被窝，凑过去闻了闻，是男人浓烈的体臭味。

他突然意识到雪子已经是个女人了。

“我跟你换换吧。这可能是哪个男人用过的被子。”

第二天早上，雪子用佐山给的钱支付了火葬场的费用。

雪子果然一直忙碌到自己婚礼当天的早餐。

“小雪，不要弄了。”时枝一边对雪子说，一边训斥着孩子们。佐山被吵醒，起身过去看时，雪子正在给两个孩子装带去学校的便当。

时枝又抱怨女佣。

“没事的，婶婶。最后一次了，就让我来吧。”说着，把便当递给孩子们。

“好了，”雪子一手牵着一个孩子出了门。看着她远去的背影，时枝笑着对佐山说：“这是最后的义务哦！你还记得吗？”

“是啊，到她出嫁，这是最后的义务。”

“不好说啊……说不定还会有什么事情哦。”

收养雪子，主要是出于时枝对雪子的同情，这点比佐山更甚。

民子的葬礼后不久，佐山给雪子写过一封信，但是被退回来了。浮签上写着“收件人迁居，地址不明”。

有一天，时枝去百货商店时，偶遇了在餐厅做服务员的雪子。回到家后，她对佐山说：“她对我的那股亲热劲儿可不容易啊！真是可怜，说是已经从女校辍学了，住在百货商店的宿舍里……如果你在场，肯定会说，让她到我们家来的。”

就这样，雪子成了佐山的家人。

虽然让雪子继续读了女校，但从照顾孩子到厨房里的那些事情，她全包了。时枝忘记了她是丈夫昔日恋人的女儿，对她喜爱有加。

为了她的婚姻和未来，也是时枝让她入籍佐山家，成为他们的养女。

一个和制片厂有业务往来的西装店老板，兼职说媒，见了雪子之后便来提亲，时枝顿时很感兴趣。回头对佐山说：“雪子虽然很温顺，但我经常看到她一个人发呆，是到该出嫁的时候了吧？我们也不能把人家的女儿一直这样据为己有啊。”

给她介绍的对象叫若杉，三年前大学毕业，目前是银行工作人员，家庭负担也不重，对雪子而言无疑是一门非常好的亲事。

对此，雪子表态说全凭佐山夫妇做主。

婚礼当天的早上，在具有象征意义的庆祝雪子出嫁的家宴上，雪子说了几句感谢话之后，时枝说：“小雪，如果遇到什么事情，千万千万记得要回来呀！”听到这番话，雪子顿时无法控制自己的眼泪，双手颤抖着跑出了房间。

“你说什么傻话呢！”

“如果是自己的女儿我是不会说的！”时枝顶了回去，“可是，不对雪子说的话，觉得她太可怜了。”

“话虽如此……”

“没事的，谁家的新娘子出嫁时都要哭的……雪子也哭了，说明她真正成为咱家的女儿了。”

婚礼在饭田桥的大神宫举行，新郎若杉家有十四位亲戚出席，但新娘雪子的旁边却只有佐山夫妇，宽敞昏暗的会场显得有些冷清。

除了佐山的两对朋友夫妇之外，还邀请了大概十位雪子在女校的朋友来出席婚宴。这些身着长袖和服盛装的大小姐们，给婚礼增色不少。

佐山坐在新娘父亲的席位上，感叹说：“多美丽的新娘啊，端庄大方……”

“是啊，穿礼服时，我还让她把胸部垫高一些。”

“把胸部垫高？是塞什么东西进去吗？”

“你闭嘴吧！”时枝训他道。

但此时，佐山伤感地想起了民子，内心实在无法平静。他扭头望向窗边，心想：民子的魂灵，是否在悄悄地看着女儿出嫁的模样呢？

“真让人惊讶啊！雪子吃光了所有的料理呢！”

“是啊，我嘱咐她要吃的。现在的新娘子都吃的，什么都不吃反而不好。”

“也许是吧……我怎么感觉有点儿自暴自弃的意思呢。”佐山偷偷嘀咕着。

夫妇俩没有送新人去蜜月旅行，本来时枝说要送到车站，被佐山拦住了：“新娘子的父母不应该去送的。”

在从婚宴回家的车上，气氛异常寂寥。

佐山低头沉默了一会儿，有些神情恍惚地说：“是相当体面的婚礼呢。”

“是啊。我对民子也算仁至义尽了。”

“这是什么话。”

“喂，你喜欢小雪吧？”

“喜欢。”佐山平静地回答。

“你其实可以不考虑我的意见，不把她嫁出去也没有关系的……再让她在家里待上三四年就好了，我们就不会这么孤单了。”时枝也平静地说。

“总觉得把她嫁出去有些残酷。”

“是挺可怜的。如果结婚前能让她和若杉多交往一阵子，多一些了解，我们就不会是现在的心情了吧？可是……”

“也许是吧。”

“我现在觉得，我们的孩子，不要急着嫁出去。让她谈恋爱吧。一定要让她先谈恋爱。”佐山的大孩子是女儿。

第三天，新婚夫妇蜜月旅行回来，要去媒人家里拜谢。佐山去若杉和雪子的新居看望，却意外地发现根岸正坐在那里怒斥雪子。

佐山也连带着被他指责，不应该这么轻易地把雪子嫁出去，简直岂有此理之类的。根岸确实曾经是雪子的养父，但雪子并没有跟他的姓，而且他也和民子分手了。所以他完全是耍无赖找碴。

根岸挤上了车，说要一起去若杉父母和媒人家。佐山想打发他回去，就在一栋大楼前停下车，和他去地下室交涉。雪子也下了车。原以为她只是走开一下，但左等右等也没见她回来。

佐山想，一定是回娘家避难去了，就让若杉先回去。

但是，当天晚上，雪子并没有回娘家。

雪子是不是担心刚组建的家庭受到根岸的威胁，失踪了？会不会自杀？

佐山想到这，给雪子在女校最好的朋友打去电话。

“是的，结婚之前，她给我写了一封长信。可是……”

“可是？一封信吗？她写了什么？”

“不好意思，我可以问一下吗？”

“请讲。”

“那个，虽然我不是很清楚，但雪子，是不是另有喜欢的人？”

“啊？喜欢的人？爱人吗？”

“我不太清楚。但是信里写着：母亲告诉我，初恋，是不会随着结婚或其他任何事情而消失的，我是奉命嫁人的。诸如此类的一些话。”

“什么？”佐山握着电话听筒，一下子闭上了眼睛。

次日，因为一些必须要处理的事情，佐山去了制片厂。看见雪子一大早就在那里面容憔悴地等着他。

佐山连忙叫了一辆车子，让她上车。

说自己愚蠢也好，疏忽大意也好，事到如今最好都不要再提了。于是佐山说："根岸那种人有什么好怕的？"

"嗯，那种人，算不了什么。"

"那你是有其他难过的事情吗？时枝也说过，如果遇到困难，一定要回家来……"

雪子一动不动地凝视着前面的车窗："那时候，我觉得您的妻子好幸福呐。"

这是雪子唯一一次爱的告白，也是她对佐山唯一一次的抗议。

佐山想把雪子送回若杉家，但连自己也不知道车子是否发动起来了。

此刻，只剩下从民子延续到雪子的爱，像闪电一样，在他的心里肆意地火光四射。

» 女人的梦

一

三十六岁的久原健一突然结婚了。

他本人并不标榜独身主义，也是正经通过媒人谈成这桩亲事的，所以根本谈不上“突然”。但至少他的朋友是完全没有料想到他会结婚的，可能是因为结婚对象太过优秀了。

有的朋友后悔自己结婚太早了。大家不由得对久原刮目相看：“那家伙真是老谋深算啊！”都传言他靠妻子的陪嫁钱就可以开业了。大家觉得，同样是开业，久原的起点就完全不一样了，一开始就会拥有一家大医院。有人还说他想做母校的教授。总之，这桩亲事让久原一下子变成了大家心目中很厉害的人，挺奇妙的。

久原从齿科医大毕业之后，成为综合性医科大学的助教。镀金的同时也可以顺便进行临床学习，当然也是为了取得学位。但他较早地通过论文之后，一直留在研究室工作。似乎已经忘记了齿科临床和开业的事，要变成病理学者了。

他迟迟不结婚，所以成了大家眼里的怪人。齿科的旧友们觉得他难以交往，而且最近总是装出一副学者派头，也开始对他敬而远之。

因为结婚，久原莫名其妙地受欢迎起来，连他自己都感到意外。老朋友来拜访时，也和以往的措辞不一样。和妻子治子一起散步时，总引起路人频频回头，那眼神仿佛在说：“真是个不简单的人物啊！”

久原想，结婚会对他产生多少有形无形的影响尚未可知。治子不仅美貌，更是生来就带着福气的吧。可不能让自己的无德玷污了治子的美德。

话说回来，像治子这样的大小姐居然会被挑剩下，久原的朋友们着实感到不可思议。她看上去只有二十三四岁，但实际上已经二十七岁了。

“如今世上还真有没被发现的宝藏呀，我也想去寻寻宝哪！”对于这种掺杂着些许讽刺的艳羡之辞，久原只是淡然一笑，任它左耳进右耳出，一副有福不用忙的表情。至于治子推迟婚期的原因，他对谁也没有提及过。

但这种时候，久原不由得又回想起媒人那奇怪的说法。

“从那之后，小姐时常在不知情的情况下被迫去相亲。对方都对她充满了热切的渴望。”

然而，治子小姐不婚的想法非常坚决，当父母亲明白她不可能屈服于被哄骗般的相亲之后，终于缴械投降了。之后的三四年内，再也没有在她面前提及过相亲的事。

但媒人说，久原先生您就不一样了。

就像之前安排过的多次相亲一样，他们被安排在剧场偶遇，母亲介绍说久原是她在大学医院时承蒙其照顾过的医生。这次，治子并没有像四五年前那样完全不接受。

治子的父母亲欣喜不已，心想，总算是冲出暗夜，迎来了光明。

但治子说，想把那件事告诉久原。

曾经有一位青年因为治子而失恋，去世了。

媒人尽可能地把这件事当成一个轻松的笑话去讲，说那完全是孩子气的自杀游戏，只不过是单相思罢了。

不管怎样，像治子这样完美的女孩子，居然为了这种事情虚度了几乎整个青春，让久原十分震惊。

久原当然客套地说，如果是这么纯情的女孩的话，那就更好了。——之前也有几个相亲对象这样说。

媒人低头道谢："感谢您能这么理解……如果是在旧时，发生了这种事，哪怕小姐什么罪都没有，恐怕也得进尼姑庵了。"

其实，久原想直接从治子口里打探下关于那位青年的事，并不是想要干什么，他心里已经决定接受这门亲事了。像他这个年龄，什么也不问就结婚才更显得有男子气概，但他对于让如此优秀的大小姐坦白自己的过去心存期待。

治子家里是允许结婚前自由交往的。已经二十七岁的女儿，能自己主动找到结婚对象，是件可喜可贺的事情。

如果再错过久原，治子可能真的要青灯红颜，孤老终身了，这种不安使父母二人变得小心翼翼。

可久原一开始就被治子身上难以用语言形容的气质吸引，无意中错过了打探那位青年的契机。“治子小姐推迟结婚的原因，我大概也从媒人那里听说了……”久原一提起此事，治子立刻点了点头。

她好像一直在等待聊这个话题的机会，表情十分严肃，眼皮一下子红了。

但随后又迅速做出一个孩子气的表情，久原顿时有些语塞。随后说了句傻话：“那个，我们两人的事，您觉得可以继续下去吗？”

“我自己也不知道怎么回事，或许因为您是医生。”

“因为我是医生？”

久原对治子孩子气的回答感到无语，觉得她在捉弄自己，不由得说：“确实，医生也许还不错。从我们的角度看，治子小姐一直以来的恐婚只不过是一种精神上的病态。程度很轻，很容易恢复的。”

但治子并没有把这话当作讽刺，只是沉浸在自己的思绪中。

久原有点儿担心，他怀疑治子可能有偏执或白痴的一面。

但他也很清楚，如果因为这个导致治子几度错过姻缘的话，她应该被伤得很深吧。必须更加真诚地安慰治子，找到让她坦率地说出那位青年的线索，使她的心结自然解开。

久原反复表态，自己毫不在意治子的过去，希望能抚平过去的一切之后再迈进婚姻的殿堂。如果是沉重的包袱，两个人分担的话就会变轻。憋在心里的病根，还是一吐为快或涤荡干净比较好。

“嗯。”治子点头，“我也想向您和盘托出的，想告诉您之后再谈其他事情。”

“不是以后重新考虑的意思，我只是想，你一吐为快之后心里会舒服些。”

“嗯，不过……”治子说着，又用认真而犀利的眼神看着久原，“可能我比较任性，我想等久原君先说。”

“先说……？我……？”

治子点点头，肩膀微微颤抖着。

久原就像不小心被人算计了一样惊慌：“我说什么？”

“嗯？”治子看起来更惊讶，“我知道，必须得到原谅的大概只有我，但如果您什么也不说的话，我会感到不安的。”

“我没什么好说的呀。”

但治子似乎并不相信。

不仅治子不相信，连久原自己似乎也没什么底气，真是奇妙。

“真的没有啊。”越这么说越感到奇怪。

“久原君如此逃避的话，我也很难讲出来。真是为难啊。”治子仿佛立刻关闭了心扉，“感觉只有我一个人遭遇了不幸。”

那天，他们在不太融洽的气氛中分别了。

细想起来，治子的抗议是有道理的。

没有什么明显缺点的男士，三十六岁仍孤身一人，在独居期间，不可能没有一两次和女性交往的经历。治子只不过是根据常识判断，或者发挥了一下超乎常识的想象。她大概是这么想的：既然久原在知道曾有位青年为她自杀的情况下仍愿意和她在一起，那么久原肯定也有三十六岁仍然逃避婚姻的痛处，两人是同病相怜的。

治子是觉得两人有相似的经历，可以互相安慰，互相包容，才打算结婚的吧。

总之，只想打听治子的心里话，显然是自私而不公平的。

所以，当治子提出让久原先讲的时候，他感觉被打了个措手不及。

久原并不是纯洁的少年之身，但是一旦上升到结婚层面，没有一个女人让他念念不忘或心生愧疚的。

不是天生讨厌女性，也不是惧怕女性，只能说是一种不可思议和欠缺桃花运吧。

然而，到了该谈婚论嫁的年龄却不谈恋爱，渐渐地成了他的性格标签，姑娘们都躲着他。也正是由于这个原因，久原在不知不觉中变成了只属于研究室的人。

正因为这样的性格特点，他与治子结婚才会让朋友们深感意外吧。

久原自己并不觉得有多寂寞，如今看来，哪里是没有桃花运，最终与治子邂逅简直是天大的福气。治子的出其不意，让久原觉得应该回首过去。

他想，自己没有任何可以向治子坦白的东西，这是值得自豪和开心的。但却没有将这种幸福感坦率地告诉治子，不是失德又是什么？还是不够诚实吧！

这是因为在自己平时的生存之道中，存在不够真实的地方吧！

久原如此反省着，就觉得治子不信任自己是理所当然的了。他不禁从心底里觉得自己有些好笑。

如果治子非要他先坦白，自己才坦白的话，是不是可以煞有介事地编一段恋爱故事讲给她听呢？

托治子的福，久原把从青梅竹马到医院的女患者、女护士，只要是认识的女人面孔，都在脑子里逐一搜索了一遍，完全沉溺于恋爱的空想中。

真是无聊的游戏。而且，将结婚对象治子放在一边的话，更加黯然失色，毫无真实感。

他终究还是无法编造没有意义的故事作为诱饵去换取治子的坦白。

但是，当问起为治子自杀的青年和治子之间的故事时，竟然简单得让人有些扫兴。

那位青年和治子是相差两岁的堂兄妹，小时候两家离得很近，堂兄的父亲是地方长官。离开东京后，两人继续书信来往。每逢寒暑假，就会一起去海滨浴场和滑雪场，度过了一段非常快乐的时光。到了中学的高年级，堂兄的书信变成了伤感的情书。而且，进入东京的高中后，他就住在治子家。终于有一天，他向治子表白了。治子明确地拒绝了他，说堂兄妹不能结婚。那年冬天，堂兄一个人去滑雪，适逢风雪大作，他却执意要去登山，结果跌落山谷。虽然及时被救，却因胸部受到重创而患上胸膜炎，住进了疗养院，最终在那里自杀。他给治子留下了很长的遗书，其中一部分还登上了报纸。如果是在医院里去世还好些，但他是投海而死的，医院为了逃避责任，让报社记者看了遗书，使他失恋自杀的细节公之于众。

久原不知道怎么安慰她，过了良久才问：“那时，你多大？”

因为情节太过普通，反而令久原怀疑是她杜撰的。类似的报纸文章，好像也读到过好几次。

不过，无论什么样的恋爱，如果只是听情节梗概的话，都会显得有些普通吧。

久原一定是得了妄想症，才会认为像治子这样的大小姐到这个年纪还不结婚，就一定是有异常惨烈的悲剧发生。

要想打击女孩的心，普通的情节足矣。

与轰轰烈烈的恋情不同，在堂兄妹之间，积累了太多经年累月的美好回忆。

“你是爱他的吧？”久原问道。

治子马上坦诚地点头“是的。事后想想是这样的……但那时我只是个孩子。”

久原明知故问：“堂兄妹之间发生纠葛，父母之间也很尴尬吧？”

治子认真地回答：“叔叔婶婶都不会责怪我的。”

“所以你去尽了这份额外的情义？”

“情义？是啊，也许是情义吧。”

但是，治子真正的坦白，并没有就此结束。

堂兄是在治子十九岁时去世的。第二年她还相过一次亲。治子对对方也很感兴趣，但在差不多定下来的时候，对方知道了治子堂兄自杀的事情，立即拒绝了这门亲事。

比起堂兄去世，这次解除婚约给治子带来的打击更为强烈。

她爱相亲对象片桐，所以她认为自己这辈子就是一个嫁不出去的女人了。

也许治子的初恋不是堂兄，而是片桐。可能正是因为爱片桐，治子才觉得自己也爱过堂兄。

接下来的一次相亲也因为堂兄的去世而搁浅，治子很害怕，同时下定决心要等片桐。

片桐家正式解除婚约的消息传来后不久，两人偷偷约会过一次。片桐承诺会说服双亲，跟她结婚。

治子没打算隐瞒片桐的事。只要久原问起，她多半会和盘托出的。

可久原只问了堂兄的事，从久原的表情看，他似乎觉得治子已经说完了。治子便没再讲下去。

而且，关于片桐的事，治子本来也难以启口。因为在和久原相亲的时候，她得知片桐早已和其他女人结婚，这对她来说是莫大的屈辱。

和久原结婚后的第二晚，在蜜月旅行的酒店房间里，治子梦见了去世的堂兄。

不知道是在堂兄乡下的家里，还是在治子的娘家。治子走进房间，坐在桌前的堂兄突然回头，治子立刻僵住了，然后发现自己几乎全裸着身体。在自己惊慌失措的叫声中，治子醒了。

无法言说的羞耻感使她的脸憋得通红。

她不禁打了个冷战，抓住了久原的袖子。想到堂兄已经死去，她感到惊恐万分，喃喃自语道："请原谅我……"

她哆嗦着靠紧了丈夫。

这天夜里，她觉得自己结了婚，终究是对不起堂兄的。但事后再想，这个梦似乎极不贞洁。

然而，堂兄也好，片桐也好，都日渐淡出她的梦境，犹如远处的影子一般消失了。晚婚开出的花朵如此硕大，治子也将自己青春的积蓄悉数献给了久原。

"像我们这样在找到真爱之前辛苦等待的人，会得到上天眷顾的。"听久原这么一说，治子便将过去的回忆彻底忘却了。

将来，治子身上的美德充分展现出来，会给他们的新家庭带来福泽的。

一天，久原若无其事地说："你不觉得堂兄的遗书里有些地方怪怪的吗？"

治子现在可以轻松面对这个问题了："是啊，你这么一说，似乎真有些地方怪怪的。"

"应该是的。其实，你堂兄住的疗养院里有我一位朋友的朋友，我拜托他做了调查。据说你堂兄有较严重的神经衰弱。从症状上看，一只脚已经迈进精神病的行列，病名也知道。好像不是失恋自杀，和治子没有任何关系。可能是对自己的胸部的疾病比较悲观，神经出了问题，这是他自身的心理素质导致的，不是治子的责任。"

"啊？你什么时候调查的？"

"很久以前了。"

"那你应该早点儿告诉我的呀！你太坏了。"治子嗔笑着抬头看看丈夫。此时，却有一个念头从她脑海中掠过，如果早点儿知道，兴许就能和片桐结婚了。

连她自己都被这种想法吓了一跳，忙用凄然的微笑掩饰过去。

久原似乎很得意地说："但是，多亏了堂兄的神经病，我俩才能结婚呀！"

"是啊。"

"治子曾经认真地烦恼过，真是辛苦了，对此我很是尊重。"

从那时起，治子竭力地想再回忆起和去世的堂兄之间那种种美好，夏天的大海和冬天的雪山重又浮现在她的眼前。

然而，治子身上所谓天赐的福气，似乎也将消失不见了。

» 关于黑痣的信

我昨晚做了个有趣的梦，关于那颗黑痣的。

一写黑痣，你应该就明白了吧？因为它，我已不知被你训斥了几百次。就是那颗黑痣。

这颗黑痣长在右肩靠后颈的位置。你曾经开玩笑地说："比黑豆大点儿，总去拨弄它的话，马上要出芽了……"确实，它不仅大，还有些肿胀，十分罕见。

我从小就有上床之后拨弄黑痣的坏习惯。第一次被你发现这个坏习惯时，是多么难为情啊。我哭了出来，吓了你一跳。

十四五岁之前，我曾被母亲教训过："瞧瞧，瞧瞧，小夜子，你再拨弄它的话，它会变得很大的！"后来它变成了我个人世界的一种不自觉的习惯。

被你盘问这个，对于尚未成为你的妻子还是小姑娘的我来讲，是多么难为情啊。男人也许不会明白。不只难为情，我甚至觉得这件事非常严重，对结婚产生了恐惧。

总觉得自己毫无秘密可言了，有一种连自己都不知道的秘密也将全部被你看穿的恐惧，仿佛失去了立锥之地。

当你酣睡之后，不知是寂寞，还是放松，我又不由自主地将手伸向黑痣，连自己都猛然一惊。

“我无法随心所欲地拨弄黑痣……”在给母亲的信里，我想这么写，但脸却烫得像要烧起来一样。

“什么呀？黑痣有什么好在意的？”你大声说。我高兴地点点头。但至今我仍觉得，如果你能对我这个陋习再多些包容就好了。

难道会有人偷窥女性的后颈吗？所以我对黑痣并不那么在意。有一句新鲜话叫“残疾姑娘要紧闭房门”，但黑痣再大，总不算是残疾吧。

可我这个拨弄黑痣的习惯又是如何养成的呢？

为何这个习惯如此令你不悦呢？

“喂，喂……”你数百次地训斥我，一副厌恶的表情，“你就不能不伸出左手吗？”

“左手……？”我吃惊地反问。

果真如此。我这才发现每次都是用左手去拨弄它。

“真的呢。”

“右肩上的黑痣，不是应该用右手摸吗？”

“是吗？”我老老实实地伸出右手去触摸黑痣。

“真奇怪呀。”

“哪里奇怪了？”

“但还是用左手比较自然。”

“右手不是更近吗？”

“近是近，可是反手啊。”

“反手？”

“嗯。那我该从颈前绕过去还是往颈后伸呢？”

说到这里，我已经不能乖乖服输了。但嘴上说着，却发现用左手绕到右肩后面的话，会很自然地形成一种防备你的，自我保护的姿势。

是吗？真对不起啊，我深受感动，温柔地说："可为啥左手不行呢？"

"不管左手还是右手，都是坏习惯。"

"哦。"

"我不是跟你说过好些次了吗？让医生帮忙把黑痣做掉就好了。"

"不要，多难为情啊。"

"听说去黑痣很简单的。"

"会有人为了去黑痣而去医院的吗？"

"好像很多人去呢。"

"真的吗？那肯定是长在脸部中间之类的位置。长在我这种部位的估计没人会去做掉。要被医生笑话的。想去做掉的人一定是因为老公说了什么。"

"你只要告诉医生是因为你有拨弄黑痣的习惯就可以了。"

我还是决定不去："好了。反正是长在看不见的地方，就请你多多包涵啦！"

"有痣没问题，但你还是不要去摸啦！"

"我也不想摸的。"

"总之你就是倔脾气。再怎么说你，你也不想改掉坏习惯。"

"我想改掉啊。为了不去摸它，我还特意穿束领衬衫睡觉呢。"

“你没坚持多长时间吧？”

“可是，拨弄黑痣有那么不好吗？”我有点儿不服气。

“也不是那么不好的事情，但我就是不喜欢，所以才说让你改掉。”

“你为什么那么不喜欢呢？”

“也说不上有什么理由。就是觉得没必要去摸。这是个坏习惯，所以改掉为好吧。”

“我没说不改啊。”

“你拨弄黑痣的时候，总是一副迷离恍惚的奇怪表情，看上去有点儿凄惨。”

“凄惨？”

或许真是这样，我打心眼儿里表示认同。

“下次我再摸的话，你就啪啪地打我的手和脸。”

“嗯。话说回来，就这么个习惯，已经两三年了还改不掉，你自己不觉得可悲吗？”

我沉默了，仔细领会你说的“凄惨”的意思。

将手臂绕过胸前去拨弄后颈黑痣的动作，总归是悲哀的，寂寞的。不配用孤独这样华丽的辞藻，大概是一种更加寒碜、粗鄙的行为吧。看上去像一个固守渺小自我，令人厌恶的女人吧。你说得很对，一副迷离恍惚的奇怪表情。

就像咔嚓一声打开的洞口，这习惯成了我和你没有从内心水乳交融的证明。从少女时代开始，总是无意识地去摸它，在那忘我的时刻，我的真实心情都写在了脸上了吧。

正因为你对我心怀不满，才会对女人这小小的习惯吹毛求疵。若是对我满意，一定会一笑而过，视而不见吧。

太可怕了。我忽然想到是否也有男人会喜欢我这种坏习惯，想着想着，不禁打了个寒战。

我至今仍深信不疑，当初你是出于对我的爱情，才发现了我的坏习惯。可是，随着坏习惯越来越严重，这区区小事竟在夫妻间扎下了刁难的恶根。真正的夫妇本不该在意彼此的坏习惯，但稍有差池就会使夫妻关系南辕北辙。我绝不敢说凡事合拍的夫妇一定相爱，争执不断的夫妇一定互相憎恶。但我总觉得你如果能够容忍我这个坏习惯的话，我们的结局应该是不错的。

你终于开始对我拳打脚踢了。我哭着说："适可而止吧！只是无意识地触摸黑痣，为什么会遭这样的罪？"但你用颤抖的声音说："到底要怎样你才能改？"虽然我只看到了这个表象，但我理解你此时的内心，我并不恨你。如果和别人说了，别人肯定会说，这丈夫真粗暴啊。可是，不管原本多么无聊的小事，放到焦虑情绪无处宣泄的夫妇身上，都会升级为暴力事件。所以我双手合十，伸到你胸前："反正我改不了了，请把我的手绑起来吧。"仿佛要把自己全部奉献给你。

你像泄了气的皮球一样，似乎很难为情地取下我的衣带，绑住了我的双手。

你看到我用被绑的双手理了一下凌乱的头发，你的眼神让我感到惊喜。也许这样就真的可以使多年的坏习惯消失得无影无踪了吧。

然而，那时如果有人稍微触摸一下我的黑痣，就另当别论了。

即使这样，我仍然没有改掉坏习惯。你终于也腻烦了，坚持不住了，随我去了吧，即使看见我拨弄黑痣，也当没看见，什么话也不说了。

真奇妙，又打又骂也改不掉的习惯竟然不知不觉地消失了。并没有强行改正，就自然消失了。有一天，我忽然想起来这件事，对你说："最近我好像没有再摸黑痣了吧？"

"嗯。"你无精打采地说。

我真想埋怨你，既然你如此不在乎，为何以前那么严厉地责骂我呢？反过来，你肯定也想说，既然你那么容易就改掉了，为何不早点儿住手呢？但你没有理睬我。

你的表情仿佛在说，这习惯无益无害，随你怎么办。你喜欢的话，就拨弄一整天呗。我觉得很泄气，但又固执地想当面摸给你看。但不可思议的是，我的手怎么也无法伸向黑痣。

我感到寂寞又郁闷。

我又想背着你去摸黑痣，但又觉得是自欺欺人，有点儿可悲，手还是无法伸向黑痣。

我一动不动地低着头，紧咬着嘴唇。

我在等你问"你想怎么样？"，但从那时起，黑痣这个词从我俩之间消失了。

也许还有许多东西和这黑痣一起消失了。

为什么在被你训斥的时候改不掉这个坏习惯呢？我真是个没用的女人。

这次回老家，无意中和母亲一起去浴场洗澡。母亲说："小夜子的身体也不好看了。真是岁月不饶人啊。”我吃了一惊，看看母亲，和以前并无变化，还是白白胖胖富有光泽。

“黑痣也不可爱了。”

我没有告诉母亲这颗黑痣让我多么烦恼。只是说：“黑痣嘛，据说医生毫不费力就可以去掉的。”

“是吗？医生可以去掉？去不干净的哟！”母亲漫不经心地说。

“家里人曾经调侃你说，小夜子即使出嫁了，也还是会拨弄黑痣的吧。”

“是的。”

“我也觉得会的。”

“真是坏习惯。是从什么时候开始的呢？”

“是啊，黑痣大概是从什么时候长出来的呢。小婴儿的时候好像没看到有呢。”

“我家的孩子都没有啊。”

“是吗？反正是你长大了一些之后才长出来的。不会变小，但长这么大也挺特别的，应该是从很小的时候就有的吧。”母亲看着我的肩膀笑了。

那时我想，当我还是小孩子，皮肤很嫩的时候，这个黑痣也是一个可爱的小点儿，母亲和姐姐们可能经常会用手指戳它，戳着戳着，我就养成了拨弄它的习惯了吧。

我上了床，一边拨弄黑痣一边试图回忆幼时以及小姑娘时期的事。

真的是好久没有拨弄黑痣了。有几年了呢？

在我娘家，你不在身边的时候，我可以不在意任何人，随心所欲地去摸吧。

但是不行。

我的手指一碰到黑痣，冰凉的眼泪就夺眶而出。

我只想回忆我一个人的过去，可一摸到黑痣，脑海里涌现出来的，全都是你。

连我自己也很难想象，一个被你骂成坏妻子，可能会“被离婚”的女人，会在娘家的床上，一边拨弄黑痣，一边痛苦地思念你。我把被眼泪打湿的枕头翻过来，然后，做了一个关于那颗黑痣的梦。

在一个房间里，我醒来之后，发现除了你我之外，好像还有一个女人。我好像要了点儿酒，喝得烂醉，不停地向你诉说着什么。

这时，那可悲的坏习惯出现了。我像往常一样将左手绕过胸前，伸向右肩后颈部。只是稍稍捏住了黑痣，却像理所当然一样，轻而易举地取掉了它。而捏在手指间的黑痣，竟是像煮熟的黑豆皮一样的东西。

我不由分说地撒娇，要你把我的黑痣塞进你鼻翼旁边黑痣的口袋里。

我扯着你的衣袖，靠在你的胸前，哭闹着硬要把黑痣按进你的黑痣里去。

醒来时，枕头已湿透，眼泪还止不住地往下淌。

累得骨头要散架了，但好像卸下了某种包袱，反而觉得轻松。

我一时间笑容满面，那颗黑痣真的消失了吗？我没有再去触摸它。

关于我的黑痣的故事就到此结束了。

捏住黑痣时那犹如捏黑豆皮般的触感，至今仍残留在手指上。

我从不介意你鼻翼旁边的小黑痣，也从未说过什么，但它竟然始终在我心里。

为了能装下我的大黑痣，你的小黑痣突然膨胀起来的话，将会是多么有趣的神话故事啊。

如果你也做一个像我这样的关于黑痣的梦，我该有多么开心啊。

○关于黑痣的梦——写漏的部分。

你说我在床上拨弄黑痣的习惯“看起来很凄惨”，但我由衷地把这句话看作爱情的信号，并为之感到庆幸。我家的寒碜居然是通过我拨弄黑痣的行为体现出来的，想到这里，我不禁感到一阵悲哀。

然而，如前面所提及的，这也许是母亲和姐姐们宠爱我才养成的坏习惯，对我而言是一种救赎。

“以前我拨弄黑痣的时候，经常被您骂吧？”我问母亲。

“是啊……也不是很久以前。”

“母亲为什么要骂我呢？”

“为什么？这难道不是坏习惯吗？”

“母亲看到我拨弄黑痣时是一种什么样的心情呢？”

“怎么说呢？”母亲歪着头边想边说，“因为太不成体统了吧。”

“说归说，怎么不成体统了呢？我看起来就像个可怜的孩子？令人讨厌的固执的女人……？”

“没有了，根本没想那么多。只是觉得你如果不要睡眼惺忪地去拨弄黑痣的话就好了。”

“很令人生气吧？”

“嗯，是有点儿想不通。”

“小时候，母亲和姐姐们是不是经常戏弄我，戳我的黑痣？”

“好像有吧。”

如此说来，我之所以经常在临睡前拨弄黑痣，是在感受幼时母亲和姐姐们的爱呀。

我是因为思念所爱的人，才去拨弄黑痣的吧。

这就是我想说的。

你从根本上误会了我这个习惯。

我在你旁边拨弄黑痣的时候，正想念着其他的某个人吧。

现在总觉得，被你如此厌恶的奇怪姿势也许正体现了我对你无以言表的爱。

拨弄黑痣的习惯本是小事，事到如今也无须辩解。我作为恶妻的种种行为，就像拨弄黑痣一样，一开始都是出于对你的爱，但却在你的误解和责骂声中，最终变成了真正的恶妻行为吧。

这虽然是一位恶妻的任性抱怨，但还是希望你能听取一下。

» 夜晚的骰子

一

巡回演出中，在某个通商港口住宿时，水田的房间和舞女们的房间只隔了一道纸隔扇。

好像涨潮了，远处传来海浪拍打防波堤的声音和石板路上缓慢的脚步声，是船员们回来了吧。

这些声音如春夜一般宁静，但从刚才开始，隔壁的噪声一直妨碍着水田入睡。

是把什么小东西投掷到榻榻米上的声音——以同样的时间间隔，已经单调地重复了一个小时了。

被投掷的东西有时在掉落的地方停住，有时在榻榻米上滚动几下。

水田正想着究竟是什么东西在响，就马上回过神来，是骰子。

可能是舞女们的游戏，或者在小小地赌一把吧。

然而，这会儿没人说话了，还传来了酣睡声。

好像只有掷骰子的舞女一个人还醒着，灯也亮着。

水田房间的四五个男人也都已进入了梦乡。

骰子的声音渐渐触动了水田的神经。他痛苦地忍耐着，快要结束了吧？但仿佛没完没了的。

那并不是骰子发出的声音，而是榻榻米，阴郁而令人生厌。最后，水田觉得自己干涸荒芜的大脑中，似乎也被掷进了骰子。

这声音一直在耳边回响，让人难以入眠。水田慢慢变得焦躁，气得快要怒吼起来。

掷骰子的人，不疾不徐地，一直以同样的时间间隔反复投掷着。

水田起身拉开纸隔扇。

“是道子啊？怎么回事啊？”

道子趴在榻榻米上，回头莞尔一笑，已经有些蒙眬的睡意了，所以没有理他。

她右手骨碌骨碌地转动着骰子。尽管水田已经忘记了骰子的事情，但定睛一看才发现，原来就是这样随意地在掷。

他顿觉扫兴。

“在占卜什么吗？”

“占卜？什么也没占卜啊。”

“那你在干吗？”

“没干吗。”

水田走到道子的枕边看了看。

道子双手掩面，微微耸了耸肩。随后揉了揉眼皮，把左边脸颊旁的头发拨拢到耳朵上方。

这姑娘耳朵真薄。

水田轻轻地说：“大家都睡着了。”

“嗯。”

“你为什么掷这么长时间的骰子啊？”

“没有为什么。”

“可是……这不是很奇怪吗？”

道子抓起枕边的东西，什么也没说，摊开手掌让水田看。

手掌上有五只骰子。

“诶？”水田吃惊地跪坐下来。

那是五只一模一样的用动物骨头做成的骰子。因为长期把玩，颜色脏脏的，略旧。

水田从道子的掌心拿起一只。

还剩下四只在道子的掌心。只见她的手指修长，异常漂亮。

水田脑中浮现出道子在舞台上跳舞的时候，手指柔若无骨地反翘的样子。

“用五只怎么玩？”

水田把骰子还给道子。

道子掷出一只，是三点。

“好了，已经两点钟了。”

“嗯。”道子点点头，又掷了一只。是一点。

“刚才就是这声音搞得我睡不着。”

“呀，对不起哦。我是想掷到一万点的……”

“一万点？”

“嗯。可是怎么也掷不到。”

水田顿时愕然了。

她是想把每次投掷出的点数加起来，一直加到一万，所以才不断地投掷的吧。假设每次掷出的都是最大点数六，投掷一千次，也只有六千点啊。

“掷到一万点，有啥好事吗？”

“也没有。”

“理由也没有，那不是傻瓜吗？”

“嗯。”

道子继续掷着骰子。

“不是叫你不要掷了吗？”

道子抬头瞥了水田一眼，将额头抵在枕头上，一动不动了。

“傻瓜。”水田扔下一句话，回到隔壁房间的床上躺下。

但道子仍然没有关灯。而且，当水田竖起耳朵偷听隔壁的动静时，道子好像继续在褥子上掷骰子。虽然没什么声音，但估计是这样。

翌日清晨，水田对剧团里一位年长的女演员仙子说起了道子掷骰子的事。

“确实有点儿奇怪，拜她所赐，我睡不着觉啊。”

仙子满不在乎地说：“你不知道吗？道子的骰子是祖传的呀，她在后台不也经常玩儿嘛！”

“是吗？”

“大家都已经习惯了，没人在意的。”

“嗯。带五只骰子出门有点儿奇怪吧？所谓的祖传是怎么回事啊？”

仙子向我娓娓道来。

道子的母亲是艺伎，这个水田老早就知道。据说现在总算自己开了一个小剧团，雇了一两个人。但也只是三流地区的艺伎，不怎么优秀。

据说她应酬的时候，总在腰带里放入两三只骰子，酒席间也会玩一下。

解衣带的时候，骰子就骨碌骨碌地掉落下来。大概是故意弄掉的。好勾起旁人的好奇心，然后自己又装作吃惊的样子捡起来，掷给大家看。

结果，客人们都被她的小把戏给“骗”了。本是随便玩玩的，但日积月累坚持下来，竟玩出了点儿名堂。

听说她成了掷骰子的名人，可以随意掷出想要的点数。要想达到这种境界，绝非一朝一夕之功，据说她一有空就掷。

水田听后，认为她抓住了人性的弱点，瞄准微妙之处，使了狡猾手段。就像要从鞋底找出细小污垢的人一样，只会使自己沦为不入流的艺伎。

但这仅仅是因为贪欲吗？

水田转念一想，又觉得只不过是掷掷骰子，既然被称为独家绝活，那其中应该蕴含了超越欲念的喜悦或悲哀吧。

若非如此，怎么会连她的女儿也像着了魔一样喜欢掷骰子呢？

“道子掷骰子的时候是一种什么心情呢？”水田继续向仙子打听。

“这我就不清楚了，照葫芦画瓢吧。”

“道子也很厉害吗？”

“很厉害的。”

“她赌博吗？”

“不。道子的骰子，旁人已经见怪不怪了，谁也不是她的对手。所以她从来都是一个人玩儿。”

“自己一个人玩？”水田自言自语道。

道子应该不希望别人知道她母亲的事，却又为何毫无顾忌地在人前投掷这令人联想到她母亲的骰子呢？

但仙子好像对道子的骰子毫无兴趣。

水田站起来去了洗手间。

有一位先去了的姑娘在换拖鞋时，轻轻弯下腰将水田脱了扔在走廊里的拖鞋调了个方向，摆好之后离开了。

水田暗想：“这姑娘真是细致入微。”

在河流入海口的石崖上，坐着四五个舞女。

水田在二楼听见一个姑娘说：“啊，好暖和，想吃冰淇淋哎。”

樱花季尚早，但他仿佛已经看见了遮天蔽日的樱花云和朦朦胧胧的大海，还有白色的海鸟在薄雾中若隐若现的情景。

水田下楼走向舞女们。

他不声不响地走到道子跟前，伸出一只手。

道子仿佛明白他的意思似的，从口袋里掏出骰子递给他。

水田一下子把五只骰子扔到石崖的岩石上。

其中两只滚落到大海里去了。

他抓起剩下的三只，也麻利地扔进大海去了。

“啊！”道子慌忙走到石崖边，探头看看，没再说话。

水田感到很意外，他本以为道子会惋惜或生气。

舞女们回小屋去了，留下水田独自站在旅馆的二楼，眺望着骰子滚下去的河流入海口。一股旅愁涌上心头。他暗自思忖：“等回到东京，得去见一见道子的母亲，也就是那位擅长掷骰子的艺伎。”

停泊在港口的轮船上亮起了灯。

前前后后已经出来旅行一个月了。

水田带着舞女们去过某个小镇的城中山。她们狼吞虎咽地吃了花见圆子和山椒叶田乐。

她们聚在一起时越发没规矩，水田简直拿她们没办法。赏花的游客中也有些会来舞女们的舞台欣赏欣赏，真是不成体统啊。

樱花大多凋零了，残留在枝头的也没了花瓣，只留下带着花萼的花蕊独自枯萎。

尽管被熙熙攘攘的游人盯着，她们却一副完全不在乎的样子。

吃完山椒叶田乐后，用舌头舔舔嘴唇，再涂上口红。

道子也涂了口红，涂之前她稍微噘起尚未着色的嘴唇，煞是可爱。

水田像是有了意外发现一样起身走向道子。

她的鼻子小巧而不起眼，但凑近了看，其实有着很优美的弧度，仿佛饱含爱意精心打造的工艺品。

因为习惯了在人前化妆，道子并没有害羞。

这化妆姿势虽然与在后台时并无二致，但在一片碧树嫩芽的映衬下，让水田有一种别样的感觉。

那嘴唇，那鼻子，还有俯视手中小镜子的那张圆脸，都仿佛在诱人进入甜蜜梦乡。

水田发现，虽然她在舞台上并不怎么显眼，但其实比想象中优秀。

他突然说道："我怎么也弄不明白道子是什么样的姑娘。"

"啊，怎么了？"道子抬起头。

"你比较沉默寡言，对方不开口，你是绝不会先说话的。"

"哦，是吗？没有这回事了。"

"我问的时候你才回答呀。你说你是不是'珍稀动物'？"

道子若有所思地想了一下，什么也没说。

道子的口红是舞台上用的，比一般口红滋润得多。

水田因此想起来，舞台上用的化妆品，浅草也有卖。舞女们会买了为旅行做准备。但是道子没准备，貌似出来不久就开始用别人的口红，惹得有些舞女抱怨了。

"有油菜花地啊。"水田看到城中山山脚下河流对面的一片田地。

"真的吗？我最喜欢油菜花了……"

"是吗？道子在东京长大，应该对油菜花地没感情吧。"

"好怀念哦。不过插花的时候，不能太多，稍微放几枝就好了。”

“是啊。我们过去看看吧。”

道子点点头。

途经镇上时，水田想给道子买些化妆品。即便没有舞台用的那种，也比用别人的强。

“我和道子出去走走。”水田对舞女们说，“我们不会太晚的，你们看情况差不多就回去吧。”

“哇，去哪儿呀？捎上我吧。”有个舞女站起来，随即又坐下了，看着这边。

道子本人比舞女们还要吃惊。

她呆在那里，涨红了脸。

水田径自走下坡道。

道子追上来问：“可以吗？”

“嗯。”

道子感到有些拘束，只是低着头走路。

“喂，果然是我不说话你就一直沉默吧？”

“不，不是的。”道子摇摇头，扑哧一声笑了出来，瞬间变开心了。

水田看见路边有家小店，就对道子说：“去买点儿舞台用的化妆品吧。”

道子有点儿意外，她看着水田，顿时露出一副抗拒的表情。

水田直言：“老用别人的，会被嫌弃的。”

道子点点头，不自然地买好了东西。水田柔声说：“嗨，道子，这里有骰子。”

“哇，真的呢。”道子显得很兴奋，“我要买骰子，和这个一样的要五只。”

“五只？只有这两只了。”店员走过来。

“那就给我两只。”

他们离开小店，去了河岸边。

河堤铺设得像散步道，还种了成排的松树。河滩的嫩草地上星星点点，都是出来游玩的人。

“旅馆的女服务员说，这条河堤小路自从变成水泥路之后，就不那么清幽了。”

水田边说边笑着走下了河滩。

宽阔的河滩上大部分是草地和小石子，河水很少。

水田走到有水的地方，坐在一块大石头上。

道子立刻在石头上掷起骰子来。

春天的夕阳照得浅滩波光粼粼。

水田看了一会儿道子掷骰子的手势，说：“帮我占卜占卜吧。”

“占卜什么？”

“什么都行。”

“这……你说点儿什么，我一定帮你卜个好卦。”

“是吗？如果掷出点数一的话，我就和道子谈恋爱吧。”

“不，不，不要啦。”道子摇头笑道，“不行的……不过如果你想要一的话，我可以掷出来的。”

“好，那你掷吧。”

“讨厌。”

她虽然嘴上清楚地说着不要，但却迅速转身蹲下，像要把脸贴上去似的，呼呼地对着石头吹。应该是想吹掉上面的沙子和灰尘吧。

而且，她还非常认真地将石头表面抚摸了一遍。

“不在榻榻米上肯定不行。腔调不一样……”

水田被“腔调不一样”这句话逗乐了。

然而，看到道子屏气凝神地盯着在自己手掌上滚动的骰子，水田也紧张起来。

道子顺着自己呼吸的节奏，啪地掷了出去。

“你看吧！”她抬头看向水田，水汪汪的眼睛里像有星星。

石头上的两个骰子齐刷刷地出现了点数一。

“嗯，厉害了。”

道子浑身洋溢着神圣的喜悦。

“厉害，再掷一次看看。”

“再掷一次？”

道子好像很泄气似的降低了声音，一边用指尖摩挲着石头，一边说：“再掷一次，掷得出来吗？讨厌啊。”

道子的耳朵是那么薄，在夕阳的照射下宛若透明。

在下一个演出地的旅馆里看见道子玩骰子的时候，已经又增加到

五只了。

水田问她："五只一起掷，可以全部掷出一点吗？"

"讨厌，干吗要我一遍遍地掷……"

道子拿起一只坐垫往身子底下一塞，趴在榻榻米上。

"能掷出五个一点吗？"

"不能。"

道子无精打采地抓起五只骰子掷了出去。

没有承载任何意念和感情的骰子一只只随意地散落在地上。道子懒得去看点数，兀自蜷起手臂，埋下头说："我想睡了。"

她没穿袜子，赤裸的小腿肚从风尘仆仆的裙裾处露出来，看上去很结实。脚趾因跳舞有些变了形。

远处传来法华大鼓的声音。

水田捡起散落在地上的骰子，试着掷了一下。

道子抬起头，抓起其中一只啪地投了出去。

点数是一。

再掷一个，还是一。

又依次掷出其余三个，都是一。

她用双手将这些骰子归拢，排成一排。

就像小孩子在无所事事地搭着积木。

有一位叫时子的舞女，从走廊望着镇上的屋顶说："啊　　啊！天气好好呀！洗衣服吧！"随即站起来对水田说，"水田先生，我帮你洗，把衣服给我吧。"

"嗯？"

“愣着干吗？我帮你洗衣服。快给我吧！”

“不用了。我没有要洗的衣服。”

“没有啊，幸福。不用这么为难，您多心了。”

时子一边打开房间角落的手提箱，一边说：“水田先生，请到那边去。”

“哦。”

看到时子洗衣服，大概道子也想洗了。她站起身来，向水田伸出手。

“没有要洗的衣服。”水田摇头。

水田单身，在旅途中把穿过的内裤之类的衣物用报纸一裹，随即扔掉了。

舞女们提出来要帮他洗衣服，想想真是奇妙。

洗衣服也会传染，从盥洗室还是淋浴间里传来了四五个舞女隐隐约约的合唱声。

水田横躺在走廊的太阳地儿上，闭上眼睛，那歌声使他忽然恍若置身浅草，也意识到已经出来很久了。

那天晚上，过了开演时间仍未见到仙子来后台，一名年轻的男演员也不见了。

水田和大家碰了头，派人去旅馆一看，发现仙子的行李已经不在了。

问起大家，都说仙子和那位男演员没有什么可疑之处。仙子在浅草有丈夫，其貌不扬却很受欢迎。仙子不能忍受他，但又很难离婚。这次的男演员，也许只是她的旅伴。也许是丈夫想把她叫回去，卖到其他小剧团去。也许是仙子想离开丈夫，借这次出来的机会，到关西去落脚。

但不管怎样，对仙子来说，现在也许是决定放弃这个剧团的时候了吧。剧团里的重要人物都很清楚仙子想逃离这个剧团。一直想隐瞒的事情终于浮出水面，他们互相之间也不想说什么了。

眼下最要紧的是谁代替仙子去补上今晚演出的空缺，大家虚张声势地讨论着。

剧团的团长友松去当地的演出组织处道歉，很快便得到谅解，他们还想为剧团开个欢迎会，让友松把舞女们都带过去。让她们在酒席上助助兴，大家一起开心一下。

友松带着舞女们从后台直奔餐馆后，晚归的水田偷偷地瞥了一眼后台。

负责道具的工作人员正在收拾舞女们脱下来扔了一地的衣物，但是相当敷衍了事。他向水田发牢骚道："真是没办法，越来越没规矩了。机灵的人都想溜号了。"

"鞋子里都生蛆了，哼哼，真能造啊！"

他捡起舞蹈鞋，啪地扔到墙角。

道子应该是换好衣服才去的，演出服挂在墙上，里面露出她的套装。

水田将手伸进口袋，摸到了骰子。

"她和她母亲不一样，去应酬的时候没有带骰子。"

水田一边嘀咕着道子顽皮，一边将五只骰子掷了出去。

榻榻米真脏。

再次环视后台，在这破破烂烂的屋子里，色彩艳丽的华服就像蜕下的皮一样，显得十分怪异。

水田继续投掷着。

“掷骰子呀？”男演员花冈走进来，嘴里嘀咕道。

他站在旁边看了一会儿，说：“别干这种令人不快的事情了。”

“令人不快吗？”

“是啊。要么我们赌一把吧？”

“也可以。赌什么呢？”

“哎，赌道子如何？”

水田猛然抬起头，沉下脸来。

“可以，但要让道子来掷。”

“嗯？开玩笑的吧……还不如让我去喝一杯。我是个不幸的男人，没人邀请。还是去喝杯春之宵（日本的酒名）吧。”

水田把骰子放进自己的口袋，站起身来。

在小饭馆里，花冈不停地骚扰水田。

“喂，水田君，你觉得道子咋样？”

“什么咋样？”

“你不觉得那孩子怎么看都很怪吗？”

“是有点儿……”

“我总觉得，那孩子是不是小时候没被恶作剧过？”

“嗯？”

水田吃了一惊，看着花冈。

花冈似乎终于可以一吐为快。

“我有点儿喜欢这姑娘，所以在悄悄地观察她。”

“观察什么？不要说傻话。”

“不说不说。今晚之前，我跟谁都没说过。因为您是水田君，我才在旅途中第一次跟您说起我的疑惑。那么，水田君，您怎么破解道子的谜团？”

“没什么谜团啊。”

“没有吗？”花冈醉眼惺忪地看着水田的脸色。

酒劲儿已经有些上头了，但水田仍在不停地喝。

花冈亲热地依偎着水田，摇着他的肩膀说：“好，就算没有吧。但是我对水田君有个这辈子唯一的请求，希望你能让那姑娘迸发出光芒。”

“嗯。”

“迸发出光芒……扮演一个好角色，让她惊艳一次，我觉得到那时候就能揭开谜团了。”

“嗯。”

水田被打动了，一言不发。

“怎么样？喂，水田君？”

“或许是吧。”水田点点头。

“这是我的愿望。”

水田想，花冈确实是爱道子的。而且相当关注她。

如此说来，对于花冈的“观察”，也不能一概驳斥。

道子今年十七岁，十五岁时来到剧团，但在那之前，她和母亲一起生活。那时她都做了些什么呢？应该经历了什么吧。

水田把花冈从小餐馆里硬拖出来。

花冈倒在了路中间，“月亮真美啊。”

这个小镇呈窄长形，两侧的山离得很近。

近在眼前的黑色山峰像不祥之物一样迎面压来，道子的耳朵、嘴唇、鼻子、玉手和小腿肚子像走马灯一样浮现在水田的脑海中。他有点儿想吐，也在原地蹲了下来。

小镇深处袅袅传来舞女们的合唱声。

“喂！”花冈提高嗓门喊道。

水田也跟着喊：“喂！”

山中没有一丝回声。

歌声越来越近，是舞女们手挽手地走来了。

她们发现了水田和花冈，兴奋地大喊：“喝醉了呀！抓他们回去吧！”

“水田君，你没碰到道子吗？”

“道子？”

“嗯，她中途不见了。本以为是稍微离开一下，但是没见她回来呢。”

“不见了？”花冈举起手臂，摇摇晃晃地站起来。

水田觉得是不是弄错了，但心里也有些许不安。

回到宿舍一看，道子好端端地躺在床上呢。

“怎么回事？回来了呀？”

“哎呀，好狡猾呀！”三四个舞女说着要去踢道子的枕头。

道子哧哧地笑道：“你们回来了。”

她能够从那样的应酬场合机灵地快速抽身，并且有勇气一个人走过夜幕中的漫漫长街，反而使水田更加深入地思考花冈的猜疑。

水田吐着浓浓的酒气坐下来，抱着头。

道子抬头蹙眉道：“呀，是不是头疼？你脸色发青呢。”

“嗯。”水田将口袋里的骰子掷了出去。

舞女们还在兴头上，其中一人喊：“道子，掷一个！”

道子俯卧着，将五只骰子放在右手掌心排成一排。并看了看骰子的点数。

水田瞄见正中间的一只点数为一，两边两只的点数为二，两端两只的点数为四。也就是呈四二一二四的形式排列。

道子好像托着什么神圣的东西一样，一边尽量保持骰子的位置不变，一边水平移动手掌。

舞女们被她专心致志的样子吸引，屏息凝神地看着她的手。

眼看着道子的手掌摇动得越来越快，突然啪的一声掷了出去。

“啊！我做到了！我做到了！”道子叫着，从床上一跃而起。

大家目瞪口呆。

五只骰子的点数均为一，而且呈伞状整齐地分布着。

舞女们见状也不禁拍起手来。水田感觉一下子清醒了。

道子跪坐在床上，膝盖凸出来。

可以看到旅馆浴衣下的短裤是白色的。

水田看到她的膝盖，心中顿时明白了花冈的所谓“观察”完全是谎言。

“晚安。”水田轻轻地敲了一下道子的头，站起来。

“嗯。”

道子点点头，目送水田走出去，“头疼的话就叫我，我不睡的。”

水田回到男宾房。

对面传来道子掷骰子的声音。

和那天在通商港口的旅馆听到的完全不同。

细细想来，五只骰子要想全部呈现点数一，正中间点数为一的一只应旋转八次，两侧点数为二的两只应旋转七次，两端点数为四的两只应旋转五次吧。道子记住了那天水田坐在石头上说的话，从那天起，她该是花了多少工夫去练习啊!

那些点数为一的骰子宛若美丽的烟花浮现在眼前。

“噼啪……噼啪……”

水田想起了花冈的话。

刚出校门的青年们，不自觉地被浅草这片土地的魅力吸引，以浅草的小剧场为根据地，半为兴趣半为工作地在这里写剧本、演出、做舞台装置。水田就是其中一员。

然而，外行的新鲜感已过，不只是仙子，也许大家都到了该放弃的时候了。

想和道子一起去到一个焕然一新的地方。这念头让水田彻夜难眠。

道子掷骰子的声音仍在继续。

» 燕子童女

观光列车驶出逢坂山的隧道，行驶在近江路上。车厢内的乘客大多已经睡着了，没睡着的也在闭目养神。

七八位熟谙世故的男士因为工作关系，似乎已经习惯了长期奔波于关东和关西。

青青麦田里，油菜花开得正盛。

只有牧田夫妇眺望着麦田对面春天的湖水。

除了章子之外，还有一位西方女乘客。

从湖水交汇处穿过铁桥时，可以看到驶往濑田川的小蒸汽机船。牧田问：“那是游船吧？”章子点点头，然后直到安土一带，两人都没有再说话。

两边的窗户下面摆着客厅用的椅子，其他人都是独自旅行，互相之间并不交谈，而他俩一看就是新婚夫妇。应该是出于对他们的照顾，男士们故意闭上眼睛，不管说什么也只是倾听的样子，所以牧田很难搭上话。

可以看到彦根城了。

观光列车的窗户很大，午后的阳光甚至照射到章子因系带子而篷起的和服外褂的下摆上。看到章子的颈部暴露在阳光下，牧田心里莫名有些兴奋。仿佛觉得这肌肤本不该示人，突然间就兴奋起来。在那一瞬间，牧田异常强烈地感受到了章子的整个肉体。

从这一寸肌肤便可清晰地感受到女人的全部，对牧田来说尚属新鲜。他的胸口被惊喜充塞着。

然而，曾经以为那么光滑的肌肤在此刻的阳光下，一个个毛孔清晰可见，和普通人的皮肤一样存在着令人扫兴的肮脏的东西。让牧田初次感觉到这女人也是和自己完全不同的生物，有些不可思议。

牧田不知道这女人在蜜月旅行回程的列车上究竟想着些什么。这种不知道，于眼前也是令人快乐的。

举行婚礼前，化妆的时候，不用说章子肯定剃去了颈后的汗毛。但在旅行期间，似乎就再没碰过剃刀。

那汗毛像一层白色的尘埃。

又让人感到像是一种隐藏在温顺地听凭牧田为所欲为的章子体内的东西。

章子的头发在阳光下略微呈红褐色。牧田回想着，女人的头发在阳光下呈现出红色，究竟是自己从何时，因何而有的记忆呢？他怎么也回忆不起那女人的样貌。

闭上眼睛，他感到身体深处涌现出令人陶醉的甜蜜的疲惫感，无数只水母浮现在脑海中。

那是在横滨启航时看到的景象。

牧田和章子是乘坐国际航线的轮船去神户，途经大阪、奈良、京都，进行为期一周的蜜月旅行。

当时将他们送上船舱的一位朋友凑到他耳边。牧田心想，什么事啊？朋友窃窃私语道：“你俩一个在这边，一个在那边，是分开的呢。”

他指的是床铺。可能在航海旅行时，大多是完全不认识的两个人同处一室，所以床铺分设在两端，而且各有帘子遮挡。

听到他们窃窃私语，牧田单位的上司抬高声音说：“肯定是分隔开比较好啦！只要不是蜜月旅行……”

牧田吃惊地看看上司，耳边久久地萦绕着他的话。

当时，章子低头站在母亲面前，两根手指无意识地轻轻捏住母亲衣带下的衣服下摆。仿佛一开口就会哭出来。

送行的人们下船到岸上，又过了很长时间才起航。牧田一言不发，只想着，章子可不要哭出来啊。章子也似乎是强忍着没有哭出来。

港口的娼妓们把身子探出栏杆，肆意张嘴狂喊，看上去有些愚蠢。

因为是蜜月旅行，牧田不好意思挥动手帕。

轮船开动了，岸上的人们奔跑起来。船上的旅客们也生怕看不到送行的亲友，从两边挤过来。牧田感受到了章子的体温，顿觉一丝悲凉。与其说是他自身的悲凉，不如说是告别了双亲，和几乎陌生的男人一起出航的章子的悲凉感染了他。

牧田从口袋里掏出手帕，递给章子。

章子拼命地挥动手帕，让牧田有些惊讶。

她意识到自己的情绪，低下了头，说了声：“啊，水母……”

牧田向下看去，只见船尾混浊的波浪里，漂浮着无数的水母，个头很大，随汹涌的波涛咕噜咕噜地伸缩着透明的身体。

在巨大的船身下，被混浊的海水裹挟着浮浮沉沉的大型水母群，谈不上具体的美或丑，只感觉像一群令人毛骨悚然的东西尾随轮船紧紧追来。

他一闭上眼睛，这群水母就浮现在脑海中，令人烦闷。

湖泊从视野中消失了之后，列车驶入小山之间，快到关原了。

“那孩子，真像混血儿啊。”牧田看着眼前的女孩子，小声说。章子有些意外。

“哟，是挺像呢。”

“头发红褐色偏黑，有点儿像日本人？”

“是吗？”

“看上去像是在日本出生，但总觉得哪里像混血。”

“我一直在观察她，像是日本人。从随身带的东西也可以看出来吧。”

女孩子抱着日本玩偶，拿着包袱。

“应该是混血儿，举止很温柔。”

“完全是西方人的长相。”

“几岁了呢？”

“嗯，看上去大概七岁吧。哎？是棉质衣服？已经穿上夏装了呢。”

“嗯，也许是麻料的。”

才刚四月二十日，这孩子就穿上了夏装。藏青底色碎花纹，下摆和袖子都很短。可以看见里面穿着整洁的桃红色丝绸内衣和同色丝绸内裤，领子上还镶着白色蕾丝花边。

她头发中分，梳了两个发辫，发梢处绑着白色发带。仔细看也不是发带，是一种陶瓷制品。刘海上也别着同样的白色陶瓷装饰物。

“是一个人在旅行吧？”章子说。

“我也在观察，好像是独自旅行。本以为邻座是她父亲，但看着也不像。”

“不是她父亲。”

对于小孩子来讲，座位足够宽绰，所以她紧贴着椅背，将双脚放在椅子上，竖起的膝盖上摊着一册日本绘本。她的手肘随膝盖倚靠在邻座身上，所以一开始，牧田以为那是她的父亲。

然而，邻座的男子只顾着自己睡觉，小女孩独自在玩耍。

“独自旅行，真厉害……”章子好像很喜欢这孩子。

男服务员进来对牧田说：“房间是空着的，请使用。”

牧田点点头却没有站起来。

一等车厢分为三个区域。观光车厢的前面是旋转椅席位，再前面设有小房间。小房间里有两排面对面的长椅，房门的玻璃窗上装有窗帘。男服务员很有眼力见儿地提醒牧田，但他实在不想进那午睡用的箱子一样的房间。虽然只是被提醒了一下，但还是感到不好意思。

“轮船和火车哪个好？”

“轮船。我父亲好像曾经想坐轮船去度蜜月。”章子的声音似乎有些颤抖。

牧田看着章子：“你父亲……？”

“嗯。他不是老说坐船坐船嘛。”

“哦，所以他也坐过船？”牧田不经意地问。

“嗯，不过只坐过一次。”

牧田笑了。

“父母大多这样，自己想做但没能做的事，会让孩子替他完成。”

牧田点头表示赞同，但随即恍然一惊，自从横滨启程以来，他几乎忘记了章子的双亲。

听章子此刻的口气，她似乎一直思念着父母。牧田也意识到，这对章子来说是理所当然的，他似乎第一次发现了自己与章子的明显不同。

在这次蜜月旅行中，完全没有想起过章子的父母。牧田反省着自己：这是一种连自己都没有想到过的罪恶吧？

“还好我们选择了轮船。”

“嗯。”

“你经常给家里写信吗？”

“你不是看过吗？”

“就那么一次……”

“怎么啦？”章子质问道。那种不服气的语调仿佛在说，你是不是觉得我瞒着你给家里写信了？

一起写的明信片就不用说了，在旅馆里写过的信，章子也给他看过。

“只有那一次呀。”

“回去再好好和他们聊吧。”

“不过……”章子撒娇似的说，“我父亲啊，自我决定结婚时起，就突然变成一位空想家了，各种替我空想。”

“是吗？想什么呢……”

“各种事情……好像是他要出嫁似的。母亲笑话他呢。”

“他说什么了？”

“说我吗？父亲唠叨着说我不是很了解结婚对象，所以不懂相处之道。婚后生活也是因结婚对象而异的。——其实我特别希望他什么也不说。但听他那么一说，又觉得他挺可怜的。”

“但你也会想，随他怎么想去吧。”

“讨厌啦。我怎么会……我不可能，也没必要那么说嘛。”章子的语气出人意料地强硬。

章子父亲的空想虽然有悖于现实，但牧田很想知道，他在为女儿描绘着怎样的婚后生活。

“父亲之所以那么说，是因为他的婚姻生活是幸福，还是不幸呢……”

“这个怎么说呢？”牧田一时间无法回答，模棱两可地说，“无关他自己，只是担心孩子，有所期待吧。”

他的声音小得像被车轮声吞噬了一般。在此番窃窃私语中，章子的声音很清晰，但牧田的声音却含含糊糊，难以听清。

如果不是这纯情的充满女人味的窃窃私语声，牧田只会认为章子胆怯。那声音虽然带着颤抖，但牧田从中感受到了女人的气息。章子虽然什么也不知道，但却掌握了如何窃窃私语地交谈。

眼前的小女孩将绘本扔到一边，一会儿打开包袱，一会儿又系上，动作有些笨拙。颜色暗淡的普通包袱皮居然变得异常可爱起来。

包袱皮内装着彩色印花的千代纸的小盒子。

她抽出印花纸，折了个头盔。

然后将头盔戴在自己的两个人偶中的小人偶头上。但头盔掉了下去。

“啊！”她捡起来，想再次戴上，却又失败了。

燕子号抵达了名古屋。从京都启程沿途两个小时，没有停靠任何地方。

原以为睡着了的那些乘客全都睁开了眼睛，有下车的，也有两三位上车的乘客，全是男士。

小女孩跑到旋转椅房间，抓住一个西方人的肩膀，说着什么。

“果然还是有妈妈在的。”

“嗯，可是，妈妈好像没理她呢。”

那位母亲听了孩子的话，只是点了一下头，甚至并没有将旋转椅子转向孩子的方向，然后继续读起书来。

孩子马上返回到观光车厢。

这回折了一只仙鹤。

章子微笑地注视着这日式小游戏。

三河路的瓦片屋顶特别美。

小女孩又打开包袱，把折纸装进盒子里。

“果然是混血儿。她包袱的一角写着‘寺川’二字。”章子似乎有感而发，自言自语道，“不过，结婚不容易啊。”

牧田不解，她是想到了什么才这么说的吗？

“那位西方女子是为了结婚而远渡重洋，来日本度过一生的吧。”

“应该是吧。想来……”

“生下外国人的孩子……”

也许正是这点，才让章子此刻感慨万千吧。

听她这么一说，牧田也陷入了遥远的遐思。

从旋转椅房间的西方女人的背影看，她的肩膀有些宽，隐约透露着中年人的寂寞。倘若仅仅为了结婚而来到异国，留下混血儿，似乎有些奇怪。

如此想来，眼前这个小女孩越发变得可怜又神圣起来。

“西方人的孩子，为何如此可爱呢？容貌倒也不是很漂亮，可……”

那孩子眼窝很深，眼睛是蓝色的，额头和颧骨并不好看，嘴唇向外突出，有些令人生厌。但身体看上去像天使一样柔软。裸露至大腿根部的腿美丽而富有光泽。

和日本孩子相比，她们可爱中透着孤独的自由，那种独立是立体的，全方位的。

驶过渥美湾的海边，就到了远州路，接着过了浜名湖。

附近的每家农户都用漂亮的罗汉松做围墙。罗汉松抽芽了，鹅黄色的新芽像蜻蜓一般，停满了整个围墙。

列车一直行驶到静冈站，中途不停靠，过了静冈之后只停靠沼津和横滨。

小女孩从包袱中拿出了纸气球，大中小三个叠在一起。她打开最大的一个，想戴到自己头上去。但很快掉落到膝盖上。她看看我们，牧田笑了，她佯装不知，继续把气球往头上套，一边用双手按住，一边眼睛滴溜溜地环视四周。

“自己真会儿玩。妈妈完全不管她啊。”章子说。

“西方人的孩子都这样。从生下来就让他独处。即便是小孩也不怕孤独。不这样的话，就不会独立思考了吧。”

“但在我们看来，总觉得有些可怜，于心不忍。”

小女孩把气球放在嘴边，想要吹起来，却怎么也吹不好。章子终于忍不住走过去，帮她吹大了气球。

虽然她乖乖地把气球给了章子，但接过来时，却一副满不在乎的表情，好像在说章子多管闲事。没有害羞，也没有感谢的笑容。

她好像很想找个玩伴，像个捣蛋鬼一样一刻也不消停，但始终还是一个人在玩。

邻座的男子睁开眼睛，想对她说什么，可她并不想听。

“越看越可爱呢。”章子温柔地说。

窗外的茶园地里洒满了夕阳的余晖，茶树已萌出了嫩芽。

山间残存的山樱花，村落里的杏花，在夕阳的辉映下，构成了一幅静谧的画卷。

小女孩又跑到母亲那里，随即又折返回来，这次跳上了章子旁边的长椅。

她从千代纸小盒子里取出了一个小沙包。

“啊，小沙包！”章子的声音里充满了怀旧的惊喜之情。

小沙包是用铁锈红底碎花纹的友禅染布料做成的。

在窗外暮色朦胧的新绿的映衬下，这日式小沙包宛若美丽的水滴沁润着大家的眼睛。

“你家住哪儿？”

“横滨。”她回答了章子，但并不想继续搭话，不熟练地抛起又捡起小沙包。

这个也玩厌了之后，她又掏出格子纸，开始画小人画。

格子纸是商用信纸，上面印着横滨寺川生丝商的字样。

到静冈了。

不久，绵延至沼津的漫长海岸线呈现在眼前。

一直凝视着小女孩的章子忽然转过头对牧田说：“我们一辈子都不会忘记这孩子吧。”

“会记得的。”

“一定不会忘记的。但应该不会再遇见她了。”

“是啊。”

“回程一直在看这孩子呢，真不可思议啊。”

快到东京了，二人世界的新生活正在那里等待着他们，对此牧田同样觉得不可思议。

“九点整到东京。你不想再旅行一阵儿吗？”

“想啊，但我也想回去了。还有很多事情要做呢。”

“什么事情？”

“有了！”章子微笑着说，“咱们把这孩子偷走吧！”

“怎么可能偷得走啊？她啥都懂。”

说着，牧田的脑子里忽然闪现出一个念头，如果他和章子两人生出一个红发碧眼的孩子，会怎么样呢？

他恍惚觉得，全世界人种通婚的和谐时代，在遥远的未来，终究会到来吧。

小女孩无聊地站起来，小声哼唱着，跳舞般地走到书架前，抽出一本书，又返回原位。

海水浸染在一片霞光中，对面的富士山在傍晚天空的映衬下显得越发壮美了。

» 夫唱妇随

一

从学校回来后，牧山一般会自己脱掉上衣，让妻子延子为他解掉领带。然后伸出双脚，延子会为他脱下袜子，穿上足袋。甚至帮他扣上足袋上的扣子。

早上出门时也是延子为他穿袜子。当然，衬衫和西装背心也得从身后为他穿上。不过，只有领带是牧山自己系的，不对着镜子他也能系得很漂亮，延子稍微摸一下也会令他不开心。

牧山对领带很讲究，只要有卖领带的商店，他总要去瞧一瞧。应该是教师中比较修边幅的了。

在玄关处从送他出门的延子手中接过帽子，回来时也在玄关处摘掉帽子，交给延子。

在延子看来，夫妻之间，帮丈夫穿鞋脱袜这些事都没什么，但旁边有人时，也会觉得有些不好意思。牧山却依旧理所当然地把脚伸到延了面前。

在如今的中产家庭里，很少有妻子做到连足袋的扣子都帮丈夫扣好。延子之所以会这么做，是因为她的母亲就是这么照顾父亲的。

延子的父亲很早就去世了。母亲为父亲脱袜、穿足袋这样的事情，她已经想不起来了。但决定和牧山结婚时，却想起那些情形来。彼时父母的身影清晰地浮现在脑海，延子躺在床上，不禁淌下了眼泪。

自己离开娘家时的伤感，仿佛隐匿在父母的身影里。也许正是这种回忆，让她十分心疼孀居的母亲。

父亲那双大脚是扁平足，脚掌很厚，大脚趾向外张开，脚趾根部长着黑黑的毛，一点儿也不好看，但看上去还算柔软。为他穿鞋脱袜的母亲是一位旧式妇女，手很白皙，手指虽短却很灵活。

牧山虽说是养子，但因为工作关系居住在东京。所以岳母与独女延子分别后，就住在乡下老家，收养了丈夫小老婆的孩子。

延子学着母亲的样子，为牧山脱足袋、穿袜子，久而久之便习以为常。所以，对延子来讲，这不单纯是照顾丈夫，也是对父母的回忆。

回忆起父亲的脚和母亲的手时，延子也会悄悄观察丈夫的脚和自己的手。自己的手还是很美的，而丈夫的脚长得真是奇怪。

“哎！”延子有些傻傻地、难为情地敲敲丈夫的趾甲盖，总有些忍俊不禁。

即便有人会为丈夫穿足袋，也很少会如此认真地观察丈夫的脚吧。女人在日常生活中，甚至连自己的脚都从不认真打量。

延子从未正经看过其他男人的脚，但她觉得丈夫的脚很普通。父亲在乡下的大户人家长大，喜欢管控别人，他的脚有种唯我独尊的力量，而丈夫的脚好像没有。不管是乡下的家里，还是父亲身上，都有不少封建残余。所以，让母亲为他扣足袋上的扣子也就是自然而然的事了。

“从脚也可以看出一个人的性格吧……”延子一边为丈夫脱袜子一边说。

“嗯。”

“不是有面相和手相嘛，脚的形状也可以反映出人的性格吧。”

“应该可以吧。”牧山漫不经心地回答，脚仍伸向延子，没有任何戒备地任由延子观察。

换好衣服之后，他像忽然想起来什么似的抬起下巴，指着延子的脚说：“给我看看你的。”

“讨厌啊。”延子摇摇头，把脚缩进和服下摆里。微微羞红了脸。

“可是，不看看的话，有时可能会不方便吧。”

“那也不用这么郑重其事地看吧。女人的脚，不看也罢。”

“嗯。”

延子心想，丈夫明明与自己的脚有肌肤之亲已经数年，应该看仔细了。难道还没有记住它们的样子吗？

牧山啜着热粗茶，沉默了一会儿，又说：“记不清楚什么时候了，我听说过这样一件事。海水浴结束的青年团搭乘一辆卡车回家，一车子站得满满当当的。不幸卡车被火车撞飞，他们被甩到铁轨上，有几个人被碾断了脚。那些七零八落的断脚，根本分不清是谁的。但是，当他们的家人赶到时，立刻就认出亲人的脚来。”

“是吗？”延子皱了皱眉头，“应该能认出来吧。”

“很恶心吧。”

延子眼前清晰地浮现出已故父亲的脚。

她对丈夫讲了母亲为父亲脱袜子穿足袋的事。她第一次坦白地告诉丈夫，在结婚之前自己是想不起来这些事情的，但和丈夫的婚事定下来之后，马上就想起来了，真是不可思议。

“也许有了孩子，更容易想起自己孩提时候的事情。”

“也许是吧。”

“肯定是的。看着自己的孩子，就会想起已经忘却的孩提时的种种，我一想到这个，就觉得很期待。”

“孩提时的事你至今都记得很清楚啊，不是一直提到嘛。”

“可你一副厌烦的样子，好像不爱听啊。”

“也不是，我听了也完全记不住。”

“女人的交际范围很小。所以只记得自己那些琐碎无聊的小事了。”

“不是，女人只爱自己。这是女人的强项。”

“没有只爱自己啦。女人是为了爱的人可以舍弃自我的，否则就没有资格做妻子和母亲。”

“只爱自己应该表现为爱和自己有肉体关系的人吧。”

延子不服。她觉得丈夫的话很浅薄。大概是一时开玩笑，又像是在奢侈地敷衍延子的爱。

“其实，我在学习方面的记忆力也很差。我很清楚不能靠自己的记性，所以习惯于凡事从书本中查证。正因如此，我才能成为一名教师。”牧山说，“我是想让延子替我记住。”

“可是……”

“嗯，希望延子记住我们的生活，年轻时的事情，等我们老了就可以好好回味了。”

“哦。”延子点了点头。她没想到丈夫会说出这番话来，竟有些感动。

“那我就开始记日记了。”

“日记？是哦，”牧山思考着，“记日记好不好呢？写下来可能就比较无趣了，还是延子用心记着比较好。”

“这个……可我记忆力很差呀。记日记保险些。我的记忆很怪，总是和事实有出入。你如此信任我，可真叫我为难啊。”

“人的记忆就是这样的。不准确也没关系，和事实不符反倒好些。延子按照自己的主观偏好去记忆已经足够了。等我们老了之后，听到这些事能想起来‘啊，原来是这样的’，就很好了。”

“那我就尽力去记吧。”延子微笑着说，“不过你也要记啊，我一个人记会很无聊的。”

“我不行啊，让我记的话，都变成无趣的事情了。”

“啊，为什么？”延子不理解丈夫的本意，“奇怪。”

说着，她摸了摸丈夫放在火盆边的手。

牧山说听着延子回忆起来的往事，想着两人就是这样生活至今的，可以作为老了以后的消遣。从这话里，延子相信他对婚姻生活是满意的，没有叛变的意思。

还说根据她的记忆，会回想起两人过往的生活，这一定是因为牧山十分爱她。

延子感到幸福的同时，莫名觉得应该更加好好照顾丈夫。

虽说自己记忆力差并非完全是谎言，但丈夫将两人的一生都交由延子记忆，也太自作主张了。连足袋上的扣子都要帮他扣好，也许就是这样导致他更加膨胀了吧。

然而，延子想象老了之后，回首往事时，自己记住的两人的人生肯定比让丈夫记住得更加令人感到幸福吧。想到这里，她不禁一惊。

之所以产生这样的想象，不仅是因为男女有别，也因为延子嗅到了丈夫与自己性格的差异。

来牧山家做客的朋友们众口一词地夸奖延子是位好妻子，无不称赞她贤良淑德。

每当这时，牧山便笑着说一番客套话：“妻子太好是因为丈夫有不足啊。”而朋友们也总是回以套话：“哪里哪里，是因为丈夫太好了。”这种时候，牧山总会皱起眉来。

延子的母亲去世了。父亲小老婆的孩子桂子由延子认领到东京的家中。

当然，牧山是反对的。延子母亲将桂子认领到乡下家里的时候，他就是反对的。他认为延子父亲去世时已妥善处理了桂子的问题，之后对方也并无抱怨，为何还要主动示好，产生瓜葛。

“首先，母亲这不是自取其辱吗？不是应该憎恨才对吗？”

即使这样，延子也不憎恨桂子。或许是她们没有生活在一起的缘故，延子甚至有些伤感，这毕竟是自己唯一的妹妹啊。

不管怎样，延子想着可以请她照顾下母亲，所以瞒着牧山，给她们送去了和服衣料等。延子心想，如若牧山能够亲身体会母亲领养丈夫小老婆的孩子时的那种寂寞就好了。

对于父亲有小老婆这件事，母亲早已厚道地看开了。并未像牧山说的那样，看作自己的耻辱，每当学年更迭时，还送给桂子升级的贺礼。

在母亲的葬礼上，牧山第一次见到了桂子。

他好像有些意外，“并不漂亮啊。”

“你以为她很漂亮吗？”

牧山大概以为小老婆的孩子肯定比正室的美吧。想到这里，延子很不开心。

桂子个子很高，比较骨感，缺少了女性的柔美。身体的皮肤比面部还要黑。但浓密的头发很美。笑起来总觉得像延子的父亲。

让她在厨房帮忙时，她收拾碗碟相当马虎。延子想起仔细擦拭走廊及柱子，十分珍惜老家具的母亲，才体会到她和桂子一起生活有多少难处，需要多大的忍耐力。

收养了桂子之后，老家的房子完全没有用处了，所以牧山提出来将其卖掉，说田地啊、林地啊现在正是出手的好时候。

延子有些惊讶：“可我们现在的生活并没有什么困难之处啊。”她尽量平静地讲话，但声音仍有些颤抖。此时她最强烈的感觉是一股恐惧感袭上脊背，寒意阵阵。

“再等等吧……”

“不急着处理，那是延子的财产。”

“没有说是我的财产，也是你的。”延子有些惴惴不安。

“可是，东京的生活并没有什么困难。我是乡下人，即使有股票也觉得不踏实，还是拥有乡下的田地和山地更让人安心吧。如果没有了乡下的一切，我们就成了浮萍了。”

“那是因为你在乡下幸福日子过惯了。对那些幸福日子的幻影还恋恋不舍。像我这样从小就过苦日子的人，是不会被财产的迷梦欺骗的。我只靠精确的计算来判断。”

被丈夫这么一说，延子竟无言以对。牧山深谙理财之道，毕竟是看损益的，但明明不急着用钱，却要变卖老家的房子和土地，延子实在难以苟同。如果是商人或企业家还有情可原，但他是一位过着安逸生活的学者啊。

他似乎想排解延子的恐惧感：“如果我买股票需要借钱，是不是可以卖掉？”

延子也笑了：“嗯，那就没办法了。”牧山是绝对不可能那么做的。此话题也就不了了之了。

桂子来到东京的家后，倒也大大方方地依赖延子，但对牧山一点儿也不亲近。

牧山也从未吩咐过桂子任何事情，必要时会让延子转达。

“这姑娘总是一声不吭的，也不知道在想什么。”牧山觉得桂子很碍眼。

“也不是，她挺健谈的。”

但延子也不想调解他俩的关系，因为她察觉到桂子对牧山有股莫名的蔑视。

延子为丈夫穿足袋时，桂子总会在旁边冷笑地看着，就差没说：“一个养子，凭什么如此盛气凌人！”

延子很尴尬，她觉得不光是自己，甚至连母亲也被桂子嘲笑了。

延子的父亲去小老婆家时，也让桂子的母亲为他穿足袋吗？看桂子的样子，延子总觉得不是。

她们家肯定又脏又乱，小老婆肯定让延子的父亲穿着领子上有污垢的棉和服，邋里邋遢地躺着，然后从附近奇怪的店里买些乌冬面或什锦甜凉粉给他吃吧？

延子有时觉得，桂子不就是因父亲肮脏下流的那一面而出生的女儿吗？

不知从何时起，桂子看延子的目光变得不一样了。延子忽然察觉到，每当她要为丈夫脱袜子时，桂子就马上低下了头。

延子想起自己决定和牧山结婚时回忆起母亲的事。桂子是不是也和谁谈恋爱了？

果然被延子猜对了。桂子向她坦白了和佐川约定结婚的事，而且说好像有了孩子。

延子只好与丈夫商量。牧山立即寄出加急信件叫佐川过来。

佐川是牧山的助手，一直出入于牧山家。这次靠牧山照应，刚决定去地方学校任教。

佐川来了。牧山让延子也一起见一下。延子在化妆镜前整理仪表时，他站在旁边说："我发出信件后三四天他都没露面，看来这事有点儿麻烦。"

"哦。但我这几天弄清楚了没有孩子，太好了。"

"哦？"牧山有些丈二和尚摸不着头脑。

"你怎么知道的？"

"傻瓜先生！"

延子一走进客厅，便看见佐川在摆姿势，略带着几分敌意。

"原本收到老师的信我就应该马上来的，可有许多事情我需要好好想想……"

他的脸色有些惨白。

"嗯，我着实吃了一惊。你是个认真的男人，应该先和我们商量一下的。不过我也知道这种事很难启齿。"

"是。"佐川低下头说，"收到老师的信，觉得自己也有责任，所以重新考虑了一下。"

"重新考虑？"

"关于孩子。"

"孩子？没有孩子啊。"

"啊？"佐川似乎如释重负，"是吗？"他小声嘟哝着，朝延子这边敏锐地瞥了一眼。

牧山似乎对佐川的态度感到不安："不过，你会遵守约定的吧？”

“约定？我和桂子没有任何约定啊……”

“桂子说你们约好了要结婚。”

“没有这回事。桂子应该非常清楚。一开始我们就不是为了结婚而交往的。”

“那是为了什么目的？”

“当然我也有责任，但桂子也有。我们一半一半吧。”

牧山沉默片刻，接着问：“还好没有孩子。如果有了孩子，你会和桂子结婚的吧。”

“不，我没有那么愚蠢的想法。即便有了孩子也不想结婚。所以我烦恼了两三天，纠结该拿这个孩子怎么办。”

“你不为桂子考虑吗？”

“我和桂子已经分手了。我们决定尽快结束彼此的错误。”

牧山气得嘴唇发抖。他竭力控制住情绪，心平气和地说：“你玩弄了对你有恩的人家的姑娘，还能说出这么恬不知耻的话！”

“老师您误会了。我料到可能会说不清楚，所以带了日记过来。”

“日记？”

牧山和延子对视了一下。

“您看看这个就明白了。我自己也回顾了一遍，真的不认为全是我的责任。”

“你在记日记啊？”

“是的。”

“你是有备而来啊，佩服！给我看看。”

“好的。如果一定要看的话，我想请太太看看。”说着，佐川把日记本递给了延子。

他刚才一直毫不示弱，令延子对他的冷酷十分惊讶，甚至有些看得恍惚了。

她呆呆地翻开佐川的日记本，里面有许多折页，大概记得是和桂子约会时的情景。

然而，读了两三行之后，她的脸色变得煞白。为了控制住颤抖，她用力并紧了两个膝盖。

原来，佐川爱的是延子。他并不是敬重佐山的学问，而是被延子的魅力吸引，才做了佐山的助手，出入延子家的。

桂子看穿了他，借口说要将佐川的心意告诉延子，要把这一切告诉牧山，将佐川引诱出去，然后纠缠他，委身于他。佐川禁不住桂子梨花带雨的诱惑，缴械投降。离开延子，逃遁到乡下，对他来说也是一种解脱。

读着日记的延子表情有些不正常，牧山纳闷儿地问：“怎么了？是桂子不好吗？”

“是，是的。”延子并没有抬起头。

“是吗？总之先把桂子叫过来，让她和佐川君商量一个两人都能接受的方案吧。”

“好。”

“叫她过来吧。”

“好。”

延子正要出去，被佐川叫住了。

“太太，请把日记本还给我。”

“啊，不好意思。”

延子转身回来，将日记本递给他。

“我们不要待在这儿为好吧。”说着，牧山和延子一起走出了客厅。

“怎么样？还是不行吗？”

延子一下子闭上眼睛，摇了摇头。她抓住丈夫的肩膀，似乎要倒上去了。

过了一会儿，牧山又去刺探客厅的情况。这一看不打紧，他大声地喊起来。“喂！延子，佐川回去了。喂，延子！”

“岂有此理！没打招呼就溜掉了。什么东西！”

桂子双手抱膝，一看见延子走进客厅，便哇的一声哭了出来。

“姐姐，对不起。对不起，姐姐。”

延子有些恍惚，感到自己的脸颊上也有滚烫的东西滑落下来。她像突然惊醒了一样，抚摸着桂子的背。

姐妹之爱第一次毫无隔阂地交融在一起。

当晚，延子一边为丈夫脱足袋，换睡衣，一边说：“我想让桂子暂时回老家住一段时间，可以吗？她太可怜了，想让她静养一阵。”

“嗯。但我不了解这孩子。我让佐川重新考虑下，如果还是不行，就尽早回老家找个婆家吧。”

“嗯。”

“桂子二十四了吧？”

“对，二十四。”

“比你小三岁。”

“嗯。”

延子辗转难眠。

她是多么粗心啊，连做梦也没有想到佐川爱着她。自己竟然对丈夫如此死心塌地吗?

难以言说的泪水打湿了枕头。延子感到很幸福，一定是因为深爱着丈夫，所以才会有这种感觉吧。

她不由得意识到，因为佐川，她所记得的人生与丈夫所记得的人生变得不同了。等将来老了，聊起往事时，是否可以跟丈夫讲佐川的事呢？她觉得必须坦率地告诉丈夫。

延子唯一一次违背牧山的意愿是关于变卖老家的房子和土地的事，但她还是打算听丈夫的。这次带桂子回去也是为了和老家的亲戚们商量这件事。

» 一个孩子

元田只看了一眼就知道，趴在床上痛苦难耐的人是芳子。

诊疗室的窗边有一棵大合欢树。透过合欢树的枝丫，抬头可以看见中庭对面的病房。虽然远得连浴衣上的花纹都看不清楚，但芳子“嗝——嗝——”的声音在这边也能听得见。她已经没什么东西可吐，吐出来的都是又黄又黏的口水。元田感觉自己也想吐了。

“再观察三四天，如果母亲有危险，大概只能放弃了。到时候我再与您商量……”医生对元田说。

“好。”他一直盯着芳子病房的方向，像是在躲避医生的目光。

他怀疑医生可能认为他俩已经结婚了。第一次来医院检查时，医生就说来得太晚了，弦外之音是觉得两人的关系有些奇怪。今年春天刚从女校毕业的芳子，身材小巧玲珑，系着适合她的兵儿带[①]，怎么看都只是位少女。头发还没有到可以扎起来的长度。因为孕吐显得十分憔悴，看上去有些凄惨。芳子很不愿意来医院，元田也觉得不好意思，便日复一日地拖延至今。

被叫到名字，即将进入诊疗室时，芳子忽然折返两三步，站在那里看着元田。似乎想微笑，但又觉得自己的行为有些奇怪，脸颊顿时

① 一种质地柔软的宽腰带，风格较休闲，适合平时穿着。

红了。连护士也回头看着元田。

住院之后，元田想告诉医生他们已经正式结婚了，但一直没有机会再说。

“她那么痛苦，是不是因为结婚太早了？”元田试着问医生。

“倒也不是，还是体质的关系吧。”医生也往芳子病房的方向看了一下。

梅雨季节难得的湛蓝色天空中，朦朦胧胧地浮现着淡粉色的合欢花。花下绿叶间隙里若隐若现的窗内，芳子依然是一副少女的模样。

她双手紧按着胸口窝，抵在蜷曲的膝盖上，探出床外的肩膀及头部因痛苦而颤抖着，似乎马上要倒栽下来。

元田慌慌张张地走出诊疗室。一进入病房就将她抱起来，她精疲力竭地把脸颊靠在元田的胸口，粗重地呻吟着。

“护士去哪儿了？”

“我不要她们，不要！”

芳子一边摇头一边抱住元田的手臂，连手心里都是冷汗。元田帮她擦了擦额头，芳子也握住自己的衣袖，擦去嘴角的口水。元田要帮她换睡衣，她说等等，然后伸开双脚躺下来。

“很难受吧？”元田问。

“嗯。”芳子微笑着说，“哎？难受去哪儿了？怎么回事？奇怪，我感觉没事了，是不是因为你来了呢？”

元田把鸭嘴壶递给她，芳子闭上眼睛津津有味地喝起茶来，还嘘嘘地吹起了口哨，一副笑眯眯的模样。

“趁这会儿舒服，吃点儿东西吧？”

“不要不要，别提吃的。一提我就不舒服。”

元田用洗脸盆打来了水，帮芳子擦拭身体。芳子坐在床上，如若不用一只手扶住肩膀，她的身体就会摇晃。元田的手指感受到了芳子肩部纤细的骨骼。女学生的后颈被晒得很黑，突然过渡到雪白的背部，根根汗毛十分醒目。

芳子拉上窗帘，让元田把住房门。医生说以芳子的骨盆条件可能很难生产，元田站在门边，一边思忖一边看着芳子，心里感到十分怜惜。护士给她测量时，尽管有些疼，芳子也没有吭声，现在骨盆处仍残留着卷尺的痕迹。

换上新浴衣后，芳子对着脚趾缝儿搓啊搓，搓出黑色的脚垢来。元田嫌弃地看着她，芳子抬起头来说：“哎，你见过医生了吧？”

“嗯。”

“他说什么了？嗯，说什么了？生不了吗？他说生不了吗？”

芳子一边追问，一边扑簌簌地掉下了眼泪。

“不！我无论如何也要生。死也要生，就让我生吧。好吗？我们说好……死也要生……”

她的嘴唇痉挛一般抽动着。

“没事的，一定没事的。芳子只要肯吃东西就好。”

“是吗？那我什么都吃。”一提到吃，她立刻像起了鸡皮疙瘩一样脸色煞白，又想呕吐了。元田轻轻地扶她躺下。

“帮我把那张照片拿过来……”

她说的是女校的毕业纪念照。芳子带到医院来了。

“我会死的吧？”

“呸呸，傻瓜！”

“可是，你看，只有我一个人看上去像死人一样。不是吗？我一定会死的。”

拍这张照片时，只有芳子不在。在排列得整整齐齐的毕业生们的上方，芳子的照片是后来合成上去的。

芳子未出席毕业典礼，是因为她离家出走，去找元田了。

芳子家是乡下镇上的酿酒屋，一听说她要毕业了，就有人来提亲。芳子就把自己和元田私订终身的事告诉了母亲。作为榻榻米店家的儿子，元田几乎是靠苦读才从大学毕业，显然和芳子并不般配，不可能得到父母的首肯。芳子的父亲是旧式家长风格，不分青红皂白地对芳子一顿臭骂。芳子气疯了，就逃到元田家里。

元田回到公寓时，芳子正无助地坐在他家门口，眼睛都哭肿了。其实可以在火车上给元田发个电报，或者往他单位打个电话就好了，但她没有想到，只是惴惴不安地哭。看到元田，立刻悲喜交加地迎了上来，仿佛自己等的是一个没打算回来的人。

很难看出芳子是个敢于进行华丽大冒险的恋人，她的此番举动如化茧成蝶般凄美。而这恰恰是她吸引元田的魅力所在。

芳子家大约没有想到女儿会如此大胆地私奔到元田家。他们好像一直在亲朋好友家找。四五天后，芳子的姐姐才找到元田所住的公寓。最终她还是被姐姐带走了。

因为有了孩子，所以大约三个月后，他们急急忙忙地举行了婚礼。婚礼是在东京悄悄举行的。即使这样，芳子的母亲还是住进他们的新家，为女儿置办了嫁妆。

两人的新婚生活，可以说是从芳子强烈的妊娠反应开始的。

乡下小镇就那么大地方，芳子的事很快就被学校知道了。尽管参加了所有的考试，成绩全部为优，但因为缺席毕业典礼，私奔到男朋友家，所以关于能不能授予她毕业证书，引起了不小的争议。

平时一看到毕业纪念照，就会想起这些事。只有芳子一个人的照片独立于其他人之外，在照片上方的空白处悬浮着。这仿佛成了两人结婚的纪念，又仿佛在歌颂着他们热烈感情的胜利。

如今想来，芳子在公寓等待元田时的凄惨身影正是她的真情流露。两人坚信，芳子的冒险是他们爱的火种。

芳子经常把毕业照拿出来看，大概仍十分留恋学校吧。

然而，芳子说只有自己看起来像死人，元田无法对此一笑了之。他也有不祥之感，只有芳子的照片与别人不同，是否暗示了她异样的命运呢？纪念照有一种惯例，就是将死人的照片像这样放在最上面。

芳子的妊娠反应太严重了，她已经虚弱到需要注射营养剂。度过孕吐期后，在尚未足月时可能就需要做剖腹产手术，不知道她这样的体质是否能够承受。医生也叮嘱，如果这种状态再持续三四天，母亲就危险了。

芳子喊着宁愿死也要生下孩子，与其说是母爱，不如说是因为生病脑子变得不正常，在说胡话呢。

然而，元田也很能体会芳子想要生下这个孩子的心情。如果没有这个孩子，两人就不会结婚；况且结婚之前芳子的痛苦历程都因这孩子而起，已经身心俱疲了吧；如果放弃这孩子，由此而来的失落感将难以承受，有罪恶感导致的恐惧，更有无法言说的不安。芳子现在只是盲目地想抱紧这个孩子。

“学校的讲堂里摆放着建校以来的毕业照。我会被他们嘲笑的吧。不过，如果我死了，他们也许会怜悯我……”

芳子扔下照片，闭上了眼睛。凹陷的眼皮底下，眼球仍在不安地转动。她泪如泉涌，仿佛泪腺决了堤。

“我现在死了，就把孩子也带走了。好像你也一起死去了一般，对不起，但我觉得这样很幸福。”芳子说着，从枕下取出一张纸条。元田一看，上面写着他的和服啊贴身衣物啊，按照冬夏分类分别放在衣柜的哪个抽屉里，都写得清清楚楚。还做好了餐具清单。

“人多的时候，你如果不知所措就尴尬了，所以我都写下来了。”

“不至于不知所措吧。”

元田顿感悲怆。多么凄惨的遗书啊，铅笔字工工整整的，不愧为女校的优等生。

元田决定让医生尽快处理。芳子湿润的眼睛仿佛清澈见底，元田感到了对死亡阴影的惧怕。

给芳子擦拭身上的细汗时，元田碰到了她小小的乳房，只有那里是冰凉的。他别过头去，眼睛里有种东西忍不住地闪烁着。

然而，芳子的妊娠反应竟然奇迹般地好了。应该也有治疗的效果，但感觉像是撞上了过路妖魔[1]。

她饭量大得惊人，眼看着就胖起来了。整天忙个不停，不修边

---

① 传说中瞬间走过的妖魔，会给撞上它的人带来灾难。

幅，和出生在乡下富裕家庭的芳子判若两人。她好像已经忘记了肚子里的孩子，像个女学生一样哼唱着歌飞来飞去。元田从未见过这么快乐的芳子。

坐下时看起来腰部沉沉的，已经迅速变成了已婚妇女的体态。手臂有了肌肉，摸上去有手感了。沉浸在爱情中的女人的力量隐约开始燃烧起来。

她忘记了生产前的不安。两人沉浸在新的幸福之中。

然而，一天早上，元田被芳子的呛咳声惊醒，看到她正躺在床上抽烟。

“喂！”元田想夺过来。

但芳子不听：“没事的，只抽一点儿。”元田责备她说哪有女人一大早在床上抽烟的！

“因为有宝宝了，很困啊，两人份的困。”芳子转过身去，吐出一口烟。

“我前阵子就开始抽了。”

元田没想到芳子会这样闹情绪，盯着她看了一会儿，忽然朝她肩膀拍了一下：“傻瓜！”

芳子跳起来。一口气收拾好自己的床铺，粗暴地掀掉元田的被子，又用力抽出他的垫被。元田一下子滚到榻榻米上。

他被芳子如此大的力气吓得大惊失色，小声说：“当心流产啊。”

“没事。反正孩子是从墓地里生出来的。”芳子冷笑着，故意用力把被子扔进壁橱，平时她从来没做过这项家务，都是女佣来做的。

“我做了个噩梦，特别悲惨，所以才抽了烟。我听见墓地里有婴儿的啼哭声，然后就看见他从死人的肚子里生出来。月光照在像蛙一样的青色肚皮上，太令人毛骨悚然了。”说着，芳子打了个冷战。

元田想：这不会是妊娠反应的前兆吧？但芳子的说法有点儿虚无缥缈，她是否真的做了那样的梦，不得而知，也许是把书上看到的东西说成自己做的梦了吧。

最近，芳子不再像以前那样一味地向元田撒娇，原本可爱的声音变成了一种柔韧的，似乎可以信口雌黄的语调。

在厨房里，她也像要打败女佣似的忙着张罗。那天，摆在元田面前的早餐是生鸡蛋、紫菜和海味烹，没有味噌汤。问她则回答：“我闻到味增的味道就想吐。你让女佣做，躲到一边去吃吧。”她看也不看元田一眼，狼吞虎咽地一口气吃了三四碗腌海带茶泡饭，那吃相实在是粗鲁。

元田发现芳子偏食，便提醒她对胎儿发育不好。

芳子装聋作哑地说：“发育不好不就好生了吗？”

元田的袜子破了个洞，衬衣袖口也脏了。

“在公司不用脱鞋子的吧？怎么那么啰唆！没想到榻榻米店家的儿子还这么讲究啊。”

“你说什么？”

“不对吗？你难道不是榻榻米店家的儿子吗？”

元田从桌子抽屉里拿出芳子的“遗书”，又找出袜子和衬衫，“想想这个吧。”他将遗书放在芳子面前。当初那个惹人怜爱的芳子，去哪儿了呢？

此时正值仲夏，金色的阳光从清晨便洒满了整个庭院。元田自己换袜子时，芳子将“遗书”撕成碎片，撒在了庭院里。她那露出浴衣领口的肩部和脖颈美丽而丰满，像抹了香油一般嫩滑。元田不由得闭上了眼睛，这不是他的芳子，而是街上的娼妓。

之后的两三天，芳子几乎不和他说话。

胎儿是神圣的，所以芳子有了洁癖。去年刚从大学毕业的元田毕竟太年轻，只好由着她。

她忘记化妆，神色严厉，颧骨凸出，用男人般的眼神直视元田。而且像被体内喷涌而出的暴力驱使，特别爱干体力活儿。

元田交代女佣别让芳子干太多活儿。可四五天后，女佣来找元田哭诉说，她被解雇了。她是芳子从乡下带来的，对芳子十分忠诚。元田帮女佣说情，芳子脸一沉，说：“女佣向你哭诉，真恶心，你们俩偷偷摸摸地说了些什么？”

元田这才发现，芳子正在被一种病态的嫉妒心理困扰。每当自己讲起单位同事的一些传闻时，她每每都表示反感，大概也是这个原因。

他觉得应该提醒芳子，但她无缘无故的嫉妒里似乎还包含了某种邪恶。人人喜爱的、单纯的芳子，竟怀着如此的敌意看待他人。可爱的小心思没有了，世家女子的纯洁和温文尔雅也不见了。她在娘家一定从未有过如此粗鲁和不讲礼仪的生活。

即便偏食到连续吃一个星期的金枪鱼生鱼片，她仍然日益发胖，精力旺盛。但元田担心那不是真的健康，只是一种幻象，随时有可能破灭。是不是她终究不适合生孩子？她仿佛邪魔附体，靠邪魔的力量生存着。极端地讲，似乎她自身已逝，是别的生命借她的躯体而活着。元田知道这种想法只是幼稚的幻想，但因为有胎教的说法，如果芳子的变化多少暗示着孩子的秉性，那他就很担心会生出一个什么样的孩子。

总之，家庭的融洽和幸福全部被破坏了。芳子斗志昂扬，事事与元田对抗，每天都充满了丑陋的仇视和不和。这使元田感到懊丧。

他觉得可能因为芳子初次在城市过夏天，影响到了怀孕的身体。就建议她回乡下去避暑，芳子却猜疑元田是想和她分开，大发雷霆，把陶瓷器皿扔了一地。

然而，躺在蚊帐里，芳子说孩子在动，并露出了意想不到的笑容，仿佛温柔地盛开的花朵。她微微地闭上了双眼。

“是吗？嗯，嗯。”元田也笑起来。

芳子尖叫道：“不要碰！”冷不防地推开他的手，“你反正就是冷漠。对孩子很冷漠。我都知道的。在医院时，我明明哭着请求你，死也要让我生下这孩子，可那天回去后，你对医生说不要这孩子。我从未遇到过如此令人气愤的事。我想过要和孩子一起一死了之，但如果孩子可以长大，我会告诉他的。对，这是医生告诉我的，不会有错的。”

那只是在芳子的妊娠反应有所好转后，医生开玩笑说的。说她的情况曾经如此危险，以至于元田非常担心。但如今，芳子却恶狠狠地说等孩子长大了要告诉他父亲不想要他。简直是满怀恶意，连元田都无法容忍了。

“我拖着这样的身体嫁给你，你肯定不高兴。但这都是你的错。

我原本是个一无所知的孩子，死心眼地相信你，来找你商量，可你却让我有家不能回。这也是父亲最生气的事。他说：你还是未到结婚年龄的姑娘家，应该清清白白地还给父母，等优秀的男人来娶你……即使没有被清清白白地还回去，我也没有背叛你。我来东京不是想像不良少女一样结婚的，我想要充满美好回忆的婚姻。可现在我根本不想回忆。”

元田一言不发。芳子这些话是不能这样说出来的，一旦说出便无可挽回了。元田顿时有一种阴冷的幻灭感。

女人都崇拜自己的纯洁，也许芳子的内心深藏着自己的纯洁被玷污的怨恨，如今才一吐为快。芳子对于两人最初的情意一直抱有怨恨，这对元田来说多少有些出其不意。

元田不愿意再说任何话。看着趴在那里哭泣的芳子，第一次对她产生生理上的嫌弃和厌恶。他看到了这个失去羞耻心的女人不像话的丑态。直到今天，元田仍然觉得当初离家出走到公寓找他的芳子是那么可爱。虽然有些许可怜，但绝不丑陋。

他甚至开始怀疑芳子的反抗中掺杂着真正的憎恶。

芳子似乎也对自己的精神异常感到恐惧，她有事会和元田商量，开始读宗教书籍，在壁龛上插插花，偶尔还会沏壶茶。

然而，她又会翻元田办公桌旁边的垃圾篓，调查那些废纸废物。更有甚者，还从女佣的篮子里抽出信件，心神不定地读，甚至连猛烈的雷雨打湿了朝北的女佣房间的纸拉门都浑然不知。

不久，女佣主动提出了辞职。她由衷地不想离开芳子，哭着回了乡下，但芳子却悉数她的种种不是。元田感到很惊讶，没想到芳子居然也有这样的坏心眼儿。

当他看到芳子给老家写的书信时，只能认为她已经疯了。信应该是在元田的书桌上写的，已经装订好，但尚未写完，将这种信往外寄，本身就是不正常的。

信中写着：自己是怀孕之身，却每天被元田虐待，终究无法忍受，打算离婚。虽说芳子抽烟的那天早晨，元田是打了她一下，但芳子写的是一直被他拳打脚踢。元田无法判断她是故意夸大事实给老家的父母看，还是有被害妄想症。总之，除了请老家的人接芳子回去，好像也别无他法了。芳子还写到，在这个家里是无法生产的。

这次还是姐姐来接芳子的。

看样子先回去的女佣已经向她描述了一些芳子的情况，所以姐姐并没有怎么责怪元田。她笑着说："女人怀孕了之后，因人而异，有的人特别需要怜恤。是第一次遇到这种棘手的问题吧？元田君太年轻了，芳子也还是个孩子呢。"

芳子也忘记了自己在信中写的想要离婚的事，哭着反复对元田说，生孩子的时候一定要来陪她。她走过来问元田自己的妆容和着装是否可以，握住他的手不愿放开。此时元田只觉得全都是自己不好。他看到芳子的头发长长了不少，发际线处比之前略薄。

姐姐也说："奇怪，怎么胖了那么多哦。"

芳子一声不响地在书桌抽屉里留下一张"遗书"之后，跟姐姐走了。难以琢磨的女人心在元田的心里刻下了深深的烙印。连他的和服和衬领都详细地写在"遗书"里。芳子应该还是打算要回这个家的吧。

然而，无论元田寄出多少信件，芳子始终没有回音。以前的女佣告诉他，所有的信件都被芳子的母亲收起来了，不给她看。

就这么被迫分手的话，这短暂的婚姻生活简直像噩梦一样，元田责备着自己，但又不知道这气该往哪儿撒。半夜忽然醒来时，心中充溢了芳子那绝望而痛苦的爱情。

芳子安产一男儿

元田收到这封电报时，已是深秋。

元田一走进产房，芳子就开心地笑了，眼睛盯着他，眨都不舍得眨一下。忽然又把短发拢向耳后，仿佛才想起来似的开始给孩子喂奶。

“奶水蛮好的吧？”

“不多，说是还得加牛奶……”芳子轻声说。仿佛什么也没有发生过一样，她的表情平静而幸福，有一种洗尽铅华的美。

“大家都说你是个又小又可爱的母亲，很好奇呢。”芳子的母亲边说边走了进来。

芳子确实好像变得小巧玲珑，又恢复了可爱的少女模样。

傍晚的月光洒在菊花田对面的柿子果上。

“真美啊。”

“嗯，今年柿子大丰收啊……”母亲和元田一起望着柿子树。

一切就这样变好了？元田觉得不可思议，一时间难以置信。

芳子一度濒临死亡深渊，又一度被逼得几近疯癫。如魔术师般将芳子变成几个人，又玩弄于股掌之间的新生儿，像天真无邪的猴子一样用力地吮吸着母亲的乳汁。

» 远去的人

轰隆一声巨响，地面震动，房屋摇晃，窗户玻璃哗啦哗啦作响。

“爆发了！”佐纪雄欢呼着飞奔到阳台上。

庭院的杂树林里，野鸡发出尖锐的鸣叫声。

这是浅间山今夏首次大爆发。

可以看见刚从火山口腾空而起的浓烟里有烟花般的火星。是电光？还是火石？

他的父母静静地坐在房间的椅子上，凝视着火山爆发的情景。不用去阳台，从他们房间的窗户就可以清晰地看见浅间山。

在轻井泽，能不能看到浅间山甚至是判断地产价值的一个条件。别墅的租户也好，访客也好，都会先寒暄似的说“可以看见浅间山啊”，已经成为惯例。

自古以来，这座名山不仅在云雾间若隐若现，而且由于是光秃秃的活火山，山体反而会随着季节和时间的变化而不断变幻出多种颜色。

佐纪雄家的别墅位于朝南的山丘上，西面也是斜坡，可以望见浅间山，所以只砍掉了西面的杂树林。而且，为躲避夕晒还保留了一棵大榆树。

这棵大榆树孤独地矗立着，周围没有任何遮挡，自由舒展的树枝伸向四面八方，前端略微垂下，看上去比房子还要大。树叶是那么的细小，哪怕是皮肤感觉不到的微风也能让它们轻轻摇曳。

儿时的佐纪雄每到夏天都会将这棵大榆树当作“幸福的绿伞”，怀着童话般美好的心情眷恋着它。他还记得小时候，树底下摆着一把藤椅，母亲喜欢抱着他坐在那里，遥望从树叶背面露出的点点星空。

从小时起，每当浅间山爆发时，他总会飞奔到阳台，被父母亲打趣。至于为何会打趣他，连他自己也不知道。

为了能看见浅间山，佐纪雄家的阳台也是从南面一直延伸到西面。

大榆树位于西偏南处。浅间山位于它的右边，西偏北处。

那是一个月夜，佐纪雄飞奔到阳台。

月光下，喷薄而出的浓烟一边不断地散开，一边平静地昂头冲向浑厚的天空，像漆黑的巨石被成团地托举上去，又像地下巨臂挥起时形成的筋肉疙瘩。

刚刚爆发后产生的并不是烟，看上去倒像恐怖力量凝结成的固体，不一会儿就升腾至数千尺的高空，遮天蔽日，方圆数里都是洋洋洒洒的火山灰。气势恢宏，仿佛刚从大地的炮口里冲出来。也只有此地此刻，才能实实在在地见证如此巨大的力量。

与风暴和海啸不同，这是团结之力，可以安静地欣赏。

想拍摄浅间山爆发景象的摄影师们争相拍摄着爆发的一瞬间和刚刚爆发后的情景，佐纪雄也和他们一样。

浓烟升上天空又四下散开、扩大之后，佐纪雄竟不觉得自己已经看过浅间山爆发了。那种紧迫感已松弛下来，魅力也减弱了。爆发过程中像闪电一样的火花也消失了。

在看到火山爆发的一瞬间，他被欢喜冲昏了头脑，完全忘记了害怕。然而当浓烟涌到头顶上空时，却只剩下了恐怖的感觉。

大概是当人们突然遭遇大自然之力时，出自本能地为了抵御它而变得强大，然后又会变弱的缘故吧。

他是在轰隆一声的同时飞奔到阳台的，所以今晚看到了最令人满意的火山爆发景象。

在明月高悬的高原夜空中，石块似的烟雾看起来更加厚重了。

刚刚入夜，一定有许多人在观赏火山爆发。然而，佐纪雄却感到一股浓重的孤独感向自己袭来，仿佛除他之外并无一人观赏。

像是地灵之怒在寂寥无人的世界里爆发了出来。

四下忽然变得像冰原一般平静。

佐纪雄一只手抱着阳台的圆木柱，眼睛一眨不眨地眺望着。

喷出的烟雾互相纠结着、纠缠着，向上升腾而起。

滚滚蠕动的浓烟以每秒二十米的速度上升，一分钟之内已升至千米高处。

所幸无风，浓烟似笔直的云柱般上升，不一会儿，头部又像蘑菇伞一样打开，四下弥漫，笼罩在佐纪雄的头顶正上空。

烟雾从西边弥漫过来，而月亮挂在东边的天空，烟雾边缘与月光在空中交汇，飘浮着雾带般的微光。

他感到一种恐惧正从浓烟消散的暗淡光云上直逼下来。

正在此时，弘子的手轻轻地搭在他的肩膀上。

那一瞬间，佐纪雄以为她身上女人特有的香气是火山爆发的气味。

他竟然如此投入地欣赏火山爆发。

他发现自己把弘子的体香直吸入了腹底。不由得吃了一惊，肩膀微微颤抖。

“好可怕啊。”弘子说着，稍微靠过来一些。

“不可怕啊。”

佐纪雄感觉到自己的声音有些异样，低下了头。

野鸡高声鸣叫着，附近的杂树林浓荫茂盛。月光从浓荫的间隙漏下，地上光影斑驳，但仍相当昏暗。

他又抬头望向天空。

“真可怕。”弘子还在喃喃细语。

浓黑的烟云像一张不祥的幕布遮蔽了月光，开始垂下来。

“不可怕。”佐纪雄冷淡地回答。

“是吗？听说你喜欢观赏火山爆发？”

“谈不上喜欢。”

“呵，可你母亲刚才还这么说呢。她笑着说你又飞奔出去了，真是个怪孩子。”

弘子像在对一个孩子说话，但那腔调又像在对爱人说话。她也被烟雾迷住了，而且，连自己都没有意识到的恐惧感让她显得异常娇媚。

佐纪雄沉默不语。

弘子那少女特有的甜美声音浸润着佐纪雄的心田。他莫名伤感起来，不由得回想起小时候的一些事。

弘子放在他肩膀上的手指动了动，暗示说："进去吧。"

"嗯。"佐纪雄没有动。

"你要这样子看到什么时候？看来是相当喜欢啊。"

弘子也就势笑着说："您母亲可真是的。"

"她看了我一会儿，感叹说：'你晒得可真黑啊。你母亲如果还在的话，今年是不会让你打网球的。'她提起我妈妈，所以我就站起来找你了。虽然她立刻意识到自己说了不该说的事，但我还是起身来找你了。不好意思，请跟我一起回屋吧。"

"你妈妈何时离世的？"

"我妈妈？"弘子像是用放在他肩膀上的手指回答道，"我七岁那年。那时我刚入小学。我是四月一日前①出生的。"佐纪雄甚至能真切地感受到她的手指是那么柔软，肩部微微发烫起来。

他只穿了夏天的内衣，外面套了件衬衫，心想，自己的肩胛骨应该碰触到了弘子的手指吧，不由得脸颊发烫。

"我的事在佐纪雄君的父母亲看来，有那么意外吗？"弘子像是在自言自语。

佐纪雄没有回答。他不想回答，抑或必须摒弃少年的羞耻感才能够做出回应。

"你似乎相当吃惊。好像我不是来找你聊天的。"

佐纪雄依然沉默不语，他刚想生弘子的气，"啪啪啪"的声音开始敲打铁皮屋顶。像是下起了大颗的冰雹，但比冰雹的声音更加孤

① 在日本，四月一日以前出生的人可以比四月一日以后出生的人早一年上小学。

独、空虚。

“呀，呀！”弘子吓得抱住他的肩膀。

“呀，讨厌，好可怕啊。”

声音急剧变大。有小石子滚过屋顶，砸在杂树林的树叶上。

“危险，佐纪雄君。”弘子想往后退，但佐纪雄却没有跟随她。

“还好，没事啊。可能是稍大点儿的火山砂。”

“沙子？不是吧，是石子。”

“不，像这样大小的叫作火山砂。小于三毫米的就叫火山砂。”

“是吗？”弘子似乎惊呆了。

一种慌乱不安的感觉向屋顶和树林袭来。敲打的声音参差不齐，更加令人毛骨悚然。

弘子紧张得缩成了一团。

这时传来了母亲的呼唤声：“佐纪雄，佐纪雄。”

“佐纪雄君！”弘子颤抖着声音喊了一声，将另外一只手腕搭在佐纪雄的肩膀上，身体向后倾斜着，“我害怕，真的。”

“不要这样。”佐纪雄用力甩开她的手臂。

弘子踉跄了一下：“唉，真是怪人。”

她站在离佐纪雄稍远的地方，看到了他的脸。

“呀，佐纪雄君，你哭了？怎么了？”

佐纪雄听到这话的一刹那，眼泪止不住地淌下来。

弘子再次把手臂搭在他的肩膀上：“你怎么了？对不起，是我不好？”

“不是。”

“有什么伤心事吗？”

“没有。”

“那到底是怎么了呀？”

连佐纪雄自己也不明白，他甚至不知道自己会哭。

或许是一听到小石头掉落在铁皮屋顶的声音，就突然失去了某种支撑吧?

弘子也完全没想到佐纪雄的眼里会满含泪水，只是从他的眼睛里感受到了少年特有的纯粹。

但又觉得那只是十五六岁男孩子的有些招人厌的任性。

弘子感觉有些压力，靠近佐纪雄站着。

“灰尘落下来了。”佐纪雄说。

火山灰静悄悄地落在树叶上，沙……沙……

小石子的声音已经变得稀疏了。

“是啊，火山灰落下来了，已经没事了。”

“嗯。”

“你也没事了吗？”

佐纪雄没有回答，只是抬头望着天空，“应该飘到很远的地方去了吧。”

火山灰像灰色浓雾般混浊，虽然明月高悬，但这微暗的色调却令人生厌。两人都屏息凝神，听到了火山灰飘落林中的声音。

“沙沙沙的，真好听。”弘子一边小声说着，一边悄悄地瞥了一眼佐纪雄的脸。

“好了，我回去了。你不哭了吧？”

佐纪雄默不作声。

弘子隔着窗户向佐纪雄的父母亲打了个招呼。

母亲来到阳台，再三挽留她等火山灰停了之后再走。

“妈妈，给我一把伞。”

“对对。”母亲吩咐女佣拿出一把伞。

“妈妈，再给我一把。”

“对，你去送送弘子。”

“不，不用了，我可以的，阿姨。”弘子边说边穿过庭院里的杂树林，走下坡道。

佐纪雄从后面追上来。

弘子听到他的脚步声，在一棵高大的核桃树下停下来，等着他。

“谢谢你。送到大路上就好了。”弘子把伞给他撑上，“我不需要伞。”

“我来撑。”

“不用了。”

“我来吧。”

“哦。”弘子把伞递给他。

“去年夏天，火山大爆发时，我把伞倒过来放在院子里了。”

“接火山灰吗？”

“嗯。大概接了三分之一桶吧。”

两人边走边说，弘子又轻轻地抱住佐纪雄的肩膀。

在同一把雨伞下，这样走比较方便，但佐纪雄却不吭声了。

弘子柔声问道：“怎么了？又难过了？”

走过林间小路，跨过小桥，到了大路上。朦胧的月光笼罩着两人。

“弘子为什么要嫁人？”佐纪雄脱口而出。

弘子一惊，随即露出明朗的笑容：“怎么，我嫁人很不可思议吗？”

“是嫁给一个不了解的人啊。”佐纪雄继续颤抖着声音，一吐为快。

“喜欢弘子的人明明很多……我是知道的。”

“嫁给不了解的人，是的。”弘子像唱歌一样重复着这句话。

“简直太不可思议了！”佐纪雄怒声喊着，肩膀一缩，挣脱了弘子的手。

他不允许一个将要结婚的人如此若无其事地搂抱自己的肩膀。

» 岁暮

一

又逢岁暮，亡友之妻在何处？

加岛泉太嘴里嘀咕着，像是在念俳句。但也并非有意朗诵俳句，只是随口说出了当时所想而已。

他几乎没读过别人写的俳句，更别提自己写了。因此，自己也无法判断刚才那句话算不算俳句。

“何处”好，还是“何方”好，抑或是“何所”好呢？他举棋不定。但他一开始念叨的是“何处”，而且“何处”比“何方”与“何所”更接近现代口语，少了一些矫揉造作之感。

泉太将这句话写在美术纸笺上，在“何处”旁边又写上了“何方”与“何所”，三个词并排在一起拿给女儿泰子看：“你看这几个词哪个更好些？”

泰子接过来，凝视了父亲一眼，又低头看美术纸笺，并小声读了出来：“又逢岁暮，亡友之妻在何处……在何方……在何所……”

“能否再读一遍？”

“再读一遍？又逢岁暮，亡友之妻在何处？又逢岁暮，亡友之妻在何方？又逢岁暮，亡友之妻在何所？”

泉太闭眼听着。

就这么沉默了良久。

“究竟哪一个更好呢？”

这次，是泰子催促他了。

“嗯？”

其实对他来说，三个词根本不重要，俳句也完全不是问题。他只是想听听女儿的声音。

大约一周前，泰子从婆家回来了。听到女儿的声音时，泉太感到很惊讶，那是一种说不清道不明的感觉。

那是八九个月前朝夕相伴、无比熟悉的，原本应时刻回响在泉太家的声音。时隔许久再次听到，让他有种觉醒的感觉。与其说是见到亲生女儿的眷恋感，不如说是他自己的一种心绪，就像一直埋藏于内心的东西突然开花了，是一种惊喜。

其实也不是什么值得欢喜的事情。泰子是想和丈夫分开，才躲回娘家来的。

身为父亲，泉太当然感觉为难。

但听到女儿的声音，他还是本能地感到惊喜。

泰子的脸颊瘦削了，眼白发青，眼睑耷拉着，微微颤抖。

泰子的笑脸还是与婚前一样，只是强颜欢笑时露出的洁白牙齿让泉太看在眼里，疼在心里。

泉太甚至控制着自己不去看女儿。

但女儿的声音还是让他感到喜悦，甚至像一直渴望的东西得到了满足一样，当然他自己并未意识到。

当然，他并非第一次意识到女儿的声音会让他有如此感受。女儿出嫁后用外面的投币电话机打来电话时，他就已经感觉到了。

那次，听到女儿的声音，他有些意外，便问些无关紧要的事情来拖长时间。

“我只带了一枚五分的硬币，挂了吧。”

“怎么不多带几个啊？起码也要带两三个啊。”

“啊……好的，父亲。”

电话挂断了。

泉太的脸上洋溢着笑容。

他忽然想起了妻子年轻时的声音，脸色变得慌张而苦涩。

由自己的女儿想到妻子年轻时，真是枉活了这把年纪。然而，还不止如此。

泰子像极了母亲纲子，声音也像。以前和她俩一起生活时，泉太甚至设法寻找两人的不同之处。别人说起这事，他也颇有同感，但说的次数多了，还是有些不快和难为情。

泉太也认为她们母女的声音很像。

纲子比实际年龄显得年轻，尤其是声音，即使已过四十也完全不显老，甚至听着有些不自然。别人也说隔着隔扇听纲子的声音，就像是泰子的姐妹。

纲子那年轻的声音也有让泉太难为情的时候。

因此，当他在投币电话机中听到泰子的声音时，就想起纲子过去的声音也不足为怪了。但泰子尚未出嫁时，他没有这种感觉。也不是完全没有，或者说，他常在泰子身上看到纲子年轻时的样子。泰子那时的声音像便服，而在电话中的声音则像外出穿的礼服。

长女泰子出嫁后，泉太看待妙龄少女的眼神也变了。

比如走在大街上时，看到女子的背影，他会不由得加快脚步边走边说："哎？那不是泰子吗？"

"不是，不是。"

纲子断然否定。

这种时候，他虽然哑口无言，但依然会固执地追赶女子。纲子跟上来，一副不服气的样子。

"真是的，你明知道不是泰子啊。"

"不过，是个好姑娘啊。"

"这倒是。"

纲子好像并不感兴趣："再好的姑娘，也不会嫁到我们家来……随便怎么着吧。"

"女人真是薄情。"

"你才是想不开。既然这么不舍得，又何苦把女儿嫁出去呢？"

"我没说不舍得。"

看来还是母亲更想得开，即使女儿离开自己，也会比较现实地祈祷她到婆家追求自己的幸福。

而泉太则一直恋恋不舍，他总是不切实际，幻想跟着女儿。

在街上遇到别的姑娘时，他也会胡思乱想：这么好的姑娘终归还是要出嫁啊。

可能是因为想起自己的女儿才会关注别的姑娘吧，但也并非仅仅如此。

其实，是他那卑劣的德行又抬头了，他认为自己也未必不能成为这些姑娘的恋爱对象。真是枉活了这般岁数。

可能这是他不舍得泰子的另一种表现。

不过，把女儿嫁出去之后，泉太还是有一种如释重负的解脱感。他觉得轻松了，但同时又感觉失去了依靠，因此就对其他姑娘广为关注，甚至幻想与年轻女子谈恋爱。

仿佛青春的气息又朦朦胧胧地重生了一般。

也许正是这个原因，使他听到女儿在电话里的声音就回想起了妻子年轻的时候。

这也许是当父亲的在女儿出嫁后的普遍心理吧。

也可能是泉太身为艺术家的特殊心理。

身为一名戏剧家，他在女儿尚未出嫁时就曾尝试过让她朗读自己作品中年轻女子的台词，然后再修改拗口之处，还会向女儿请教一些年轻女孩子们用的新词，并写进作品里。

看女儿读俳句时，他也回想起了这些事情。

他感觉到作品中的那些人物，现在一定鲜活地生活在某个地方。

这也是久违的自己女儿的声音所产生的力量。

泉太重新拿了一张美术纸笺，再次写下了那句俳句。

他还是写下了“何处”，他觉得即使用上“何方”或“何所”，也似乎并不成句。“妻在何处”这句话，出奇地生硬，而“岁暮”一词，亦平淡无奇。

定睛细看，这句话本身岂不就让人生厌。而且毛笔字写得又差，真是寒碜。

他心生厌恶，果然做不了就不要轻易去碰。

而且，如此俳句，算不上商品。

泉太是在给报社写美术纸笺。每到岁暮，报社就会在百货商店举办名人美术纸笺与长条诗笺展销会，并将销售所得悉数捐出，年年如此。同时，他们还会给穷人们发放新年年糕等。而为此活动捐赠美术纸笺，也是他多年以来的习惯。

又逢岁暮，亡友之妻在何处？

写如此不吉利的句子，估计没人买吧。

原本写个一张两张就行，但报社发来了太多美术纸笺，所以就顺手写些俳句。

本句中的“亡友”是多位，“之妻”自然也是多人，但泉太写下它时仅指一名女子。

这名女子喜爱读书，大约十年以来，她每年都会购买泉太写的美术纸笺。

给泉太写信时，她自称是一名女学生，第一次购买泉太写的美术纸笺，又说在展销会现场购买时心怦怦直跳，回家后看美术纸笺时依然心潮澎湃。这充满少女气息的信让泉太有些心猿意马。

他没有回信。

次年岁暮，泉太又收到了她的来信，说已购买了他写的美术纸笺。当时担心美术纸笺会售罄，在展销会场开门之前就一直等在入口处。这次他回信了，告诉她其实不必如此，如果想要他写的美术纸笺，不管要多少都会写给她。泉太也由此记住了她的名字，木曾千代子。

次年春天，千代子来信说她从女子学校毕业了。

当年，即第三年的岁暮，千代子又来信说她买了泉太写的美术纸笺。

千代子在信中提到想来玩，但迟迟没来。

最后，她终于来了。那时正值夏天，她身穿凉爽的小千谷绉绸衫，腰间系一根蓟花花纹腰带，稍显古朴。是个十分小巧可爱的姑娘。

泉太感觉被骗了，他完全没想到如此小女子竟然喜欢自己写的戏剧，心中有些沮丧。

“以后别再读我写的戏剧了！”他冷淡地说。

“为什么呢？”

“对你没好处。”

“啊，可是读与不读是我的自由啊。”

“自由？我可是认真地在跟你说心里话。”

哪怕再虚张声势，也显得那么牵强。作品只要问世了，谁要读都是他的自由。

但泉太并不轻易相信自己的作品对社会上的许多人是有帮助的，

也曾经对自己有过这种道德上的谴责。只是在见到千代子这个读者后，平日里的自我谴责终于爆发了。

他写的戏剧阴郁而残忍。

“你喜欢读杀人故事吗？”泉太索性笑着单刀直入地问。

千代子一时间不知所措，她看着泉太的脸，微笑着反问道：“您喜欢吗？”

她那长长的睫毛似乎也在调皮地微笑，圆圆的脸上一双眼睛不停地忽闪着。

泉太的戏剧中有许多杀人故事。当然，这并不代表他对杀人感兴趣。他只是憎恨杀人，把杀人看作人世间最大的罪恶。

他的目的是要描绘这种极大的罪恶，激发与之相反的崇尚人世间至高美德的心灵。

因此，恶人并未出现在他写的戏剧中。

泉太的戏剧偶尔在新剧团等地方上演时，恶人也都被定义成了好人。杀人者的扮演者总是带着自己是好人这样先入为主的观念去表演，让他不甚满意。哪怕自己是个好人，由于迫不得已的原因一时冲动，或者丧心病狂而做出杀人之举，也是对上天的冒犯和亵渎。都把自己想成好人，不显得浅薄吗？演技还是囿于表面了。

即使他把别人当作好人，但依然认为自己是个难以捉摸之人。

他写不出恶人，应该说他没有能力写恶人。

生性温和、年近五十依然无法完全摆脱儿女情长的泉太，有时也会抱着挑战自己的心态，残忍地对待戏剧中的人物，写一些他们的恶行。

如果安于世间美俗，像泉太这样软弱的人，是无论如何也抵达不了艺术之巅的。

他意在鞭挞剧中人物的同时也鞭挞自己，或者可以说在鞭挞自己的同时也鞭挞着剧中的人物。

有批评家说他是个冷酷的作家。在遭遇这样的批评时，他总是以一种温和的态度去展望艺术的远大前程。

还有人批评说理应带着厌恶书写的作品，却被他心怀爱意地书写了。泉太对此感到意外，但并无不悦。他立刻意识到自己是个对爱恨都无感的笨蛋，这种感觉直逼他的内心，终归无以排解。

但确定的是，他对自身作品或作品中人物的那种爱意，就像不想被人发现的单相思一样暗自涌动着。

泉太习惯于让戏剧中的人物尽可能地脱离自己，无论是境遇还是性格。他并没有尝试去写私小说风格的戏剧。且不说作品中的所有人物都是作者的化身，在他的作品中所描写的努力生活的男男女女也似乎是他自己卑微生活的悲鸣。

因此，泉太所写的戏剧都是色彩斑斓、绚烂多姿的，既不同于他寒碜的生活方式，也不符合他阴郁的写作风格。而且，戏剧情节跌宕起伏，人物命运大起大落。这也许正是他的作品有一定读者和观众的原因。

他希望把这些乍一看具有强烈冲击感的戏剧尽可能平静地表演出来。因此，作品的台词基本不需要大喊大叫。

但无论如何，千代子还是不符合泉太戏剧读者的形象。

要问什么样的人才适合做他的读者，他也说不上来。他的内心一直很矛盾，不想让任何人读到自己的作品，尤其是千代子。

甚至与千代子面对面地坐着也觉得别扭。

他觉得对于这么一个小姑娘来说，自己的作品只会给她注入毒液，而且还无法推断毒液会如何侵蚀这么可爱的小姑娘。

那时，泉太的女儿泰子还只是个小学生，但他曾经苦笑着对妻子说："女儿成年后，我大概也不能写奇怪的剧本了吧？"但泰子已经到了大量读书的年龄，无论小说还是其他，抓到什么读什么。是该允许她读，还是禁止她读呢？泉太也无法自信地做出判断。不管怎么说，家里到处都是这类书籍，几乎不可能禁止她阅读了。对于泰子的滥读，泉太睁一只眼闭一只眼。在文人朋友的聚会上，他提出了这个话题，了解了朋友孩子的情况并听取了他们父母的意见。他想，要是女儿有志成为一名作家就坏了。而且，作为父母，在写作时必须考虑到女儿有可能读到自己的作品。迄今为止，对于妻子读自己的作品他都可以泰然处之，这也是蛮奇怪的。但如果他撞上了泰子读自己的作品，他总会慌忙退出，泰子也会面红耳赤。如果发现父亲是一名阴郁而残忍的作者，年幼的泰子又会做何感想呢？

泉太对自己走过的路感到愕然与空虚。自己写的那些悲剧也不过是稻草人在舞台上摆出一副盛气凌人的样子，甩着破衣袖跳个舞而已。稻草人就代表作者的形象。原以为会有客人的观众席上，只有萧瑟的秋风吹过。

"真的只有萧瑟的秋风吗？"他小声地嘀咕着，像模仿萧瑟的秋风一样对着躺在一起的泰子的刘海儿"噗噗"吹了几下。

弟弟明男出生后，就由父亲搂着泰子睡觉，这种陪睡的习惯至今未变。

泉太一吹，泰子的刘海儿一下子就竖了起来，然后又垂下，最后分成两撮儿，露出了额头。

在这个可悲的作家看来，父亲吹动女儿刘海儿的那股温暖气息，就像吹过人生荒野的萧瑟秋风，而野心勃勃的泉太所从事的工作亦是如此。

泰子睡得很香。而泉太则一直在吹泰子的刘海儿。

“你干吗呢？别吹了行吗？”旁边床上的纲子说话了。

“嗯。你说这孩子结婚后，会不会还穿着睡衣睡觉啊？”

“傻话！”

“要是不穿睡衣，露着胸口会感冒，会落下病根儿的。”

泉太心想，自己在这世上创造的生命只有这两个孩子，戏剧那些都是无用之物。

他想写一些适合自己女儿阅读的内容，但不知为什么，感到非常悲伤。

泰子和别人家的姑娘千代子不同。对于千代子，他并不感到悲伤。

但是，他不想让自己的作品毒害女孩子，这一点是相同的。

毫不客气地说，就是“我的戏剧好在哪里？真不知道你的存在究竟有什么益处！”这种奇怪的话泉太竟然脱口而出。

同为人类，千代子的身体里说不定也住着某个恶魔，正吐着鲜红的舌头舔舐着泉太的戏剧。

可能因为她是个可爱的女孩，反而才会去读那些令人厌恶的作品。

就像泉太怒不可遏地写作一样，千代子也喜欢不符合自身形象的戏剧吧。

千代子穿着紧身的麻绉绸衫，袖子有些紧绷。泉太热得直擦汗，而她好像完全没出汗。

千代子的嘴唇很引人注目，像花苞，又像精心雕琢的工艺品，虽然只是脸部的一个部位，但看起来很惹眼。那种感觉就好像在花枝上发现第一个花苞一样。她的身材小巧玲珑，略显圆润，像蜷缩在胳膊中间似的。

“哎，她已经从女子学校毕业了？”目送着她的背影，纲子也有些吃惊。

“好素的腰带啊！”

“她这样的孩子，要是穿小姑娘的衣服，就会像个娃娃一样，看着有点儿奇怪吧。”

“可能吧。”

又来了两三次之后，纲子也喜欢上了这个可爱的小姑娘。

最后，泉太有时也会不由自主地去看千代子的嘴唇。

第四年的岁暮，千代子再次买了泉太的美术纸笺。

第五年也买了。

泉太感觉过意不去，对她说，你都已经来过我家了，想要就告诉我，我写给你就好了。但千代子表示：“不买的话，我感觉心里空落落的。每年我要买的那些美术纸笺，都在展销会场等着我呢。”

这话在泉太听起来是那么的温柔。

第五年，买了美术纸笺后不久，千代子又来了，这次是带着母亲一起来的，说是要结婚了。泉太感觉好像突然被截去了双腿一样。

妙龄少女无论何时结婚都没什么不可思议的，但泉太感到太意外。

听到消息时的那种落寞，也出乎他自己的意料之外。

母亲说，因为羞于出口，千代子就恳请她一同前来。而且这么长时间以来，泉太一家都在关照千代子，她也是为了致谢而来。母亲说这些话的时候，千代子低着头，两颊微红，一直微笑着，连睫毛都满含笑意。但她并没有过于腼腆，似乎很开心的样子。

“你不会再买我的美术纸笺了吧？”泉太问道。

“啊？为什么？”千代子仰起脸，盯着他，“还会买的啊。”

“不，别买了。要分别了，我给你写点儿什么吧。”

他拿过一张不知哪个报社发来的宣纸，写了句“朝闻道，夕死可矣”。

“这是《论语》中的一句话。”

千代子点点头：“我在女子学校的汉文课上学过这个。”

泉太从未写过大字，因此更显拙劣。他看着自己写出来的字，有些难为情。

他所过的生活，决定了他写不出遒劲的大字。

沉默片刻，泉太结结巴巴地说：“这样，你把这上面写的‘闻道’想成‘爱夫’就可以了。因为我不能在这上面写‘爱夫’……”

“啊？”千代子一时间目瞪口呆。

“啊？是这样啊。千代子，快收下先生送你的佳句吧。”母亲附和道。

在那句话中，泉太流露出了自己的悔恨。

如若早上能和千代子相爱，哪怕傍晚死去亦甘心，这是他内心的感悟，也是未能与千代子交往的悔恨。听到千代子要结婚的消息，他才表现出了吃惊和失败的心情。

在泉太的一生中，尽是这样的悔恨，它们互相连续又交织在一起。

这些悔恨就像积雪覆盖的冰冻原野，又像枯叶堆积的腐朽树林，也正是泉太内心世界的真实写照。

泉太的愿望是遇到就努力去爱，用心过好每一天，不留一点儿遗憾。但他还是虚掷了光阴，任它匆匆流逝。

对于《论语》中的这句话，泉太有着切身的体会，这是源自他多年经验与悔恨的感悟。

“遇到一个人时，应尽可能地热情相待。因为不知何时会分别，也许就此无缘再见。”

他也是这样跟妻子说的。

看似普普通通的一句话，却饱含了对过往的感慨。

而且，这么简单的事情做起来却没那么容易。

要说他爱千代子，是不够妥当的。那是内心世界的事情。在与千代子克制地交往的那段时间里，他过得并不自在。

泉太说：“人家要结婚，我却写了个‘死’字，似乎不吉利，但这句话毕竟表明了我的心迹。要竭尽全力、全心全意，让自己的一生不留遗憾……”

现在，除了以这种方式告诉千代子要爱她的丈夫之外，他已别无选择。

千代子也教会了他如何去爱。她强调了爱应毫不保留，然后转身而去。

第六年的岁暮，泉太的美术纸笺写得很没劲。失去了千代子这个知音，他感到莫名的孤独。

但是，千代子又买了。

第七年也买了。

次年，千代子的丈夫战死沙场。她已育有一个孩子。

不久，千代子便不再给泉太写信，继而音信全无。

泉太不知道千代子是否还会在岁暮时买他写的美术纸笺。

但是，每到岁暮书写美术纸笺时，他一定会想起千代子。

又逢岁暮，亡友之妻在何处？

如果他把写着这句话的美术纸笺送到报社，而这个美术纸笺又恰巧在展销会场被千代子看到的话，她会做何感想呢？

千代子的丈夫也算不上泉太的“亡友”，只是跟随千代子来过他家两三次而已。

他是因为想起了千代子，才想起了自己的几位“亡友之妻”。

她们现在身在何处，去向何方，泉太一概不知。这样的“亡友之妻”并不少。

他的胸中涌动着对茫茫人生的无限思绪。

» 意大利之歌

随着轰隆一声巨响，一团火焰从研究室飞扑到走廊上。

鸟居博士全身被火焰包裹，不停地“啊！啊！”尖叫着，上蹿下跳，疯狂地挥动着手臂，犹如一只翅膀燃烧着的即将痛苦死去的蝴蝶。

人们闻声赶来。比这只“大火球”更让他们吃惊的是他跳起的高度，简直像一只着火的蚂蚱。生命像被火烧裂了一般四下飞溅。

鸟居博士曾作为跳高选手参加过国际奥林匹克运动会，所以跳得很高。但现在可不是开这种玩笑的时候，此刻是肉体和生命一起燃烧的非正常跳跃。那惨叫声也不像人类的声音，而像是动物的皮肉被活生生地撕裂时发出的嚎叫。

白色的工作服被烧碎成滑稽的不规则形状，里面的衬衫也烧着了，掉落在地上。火苗正在向面部蔓延，只有双眼目光如炬，似乎要从这场烈焰中夺路而逃。

他身上溅满了酒精，可以想象火势之大。

滚滚浓烟从研究室门口喷出来，火舌舔舐着地板蔓延开来。

室内传来药瓶破裂的声音。

一个人脱掉西装上衣，像斗牛士一样将它用双手撑开，裹住火球般的鸟居博士，另外三四个人也学他的样子，将着火的人保护在身下。

同时七嘴八舌地喊着，

“着火了！着火了！”

“快拿灭火器！还有灭火水泵！”

“把重要资料搬出去，快！重要资料！”

“快拉警报！警报！”

“医生！快联系最近的医生，哪里的都可以！”

“快打电话给消防局！”

“喂！咲子怎么样了？咲子呢？”

“对啊，咲子呢？”一个人边喊边要跃入浓烟中。正在此时，大约是做实验用的动物笼子烧坏了，一只发疯的老鼠像一团纸球般飞过来，咬住他的裤子，吊在那里不动了。

咲子一动不动地呆立在窗边，仿佛在等待着死神的到来。

盛夏清晨的炽烈阳光透过窗户玻璃洒照在她的肩膀上。充满浓烟的房间外的院子里，像被骤雨涤荡过一般，连绿叶都那么澄净美丽。

咲子的裙边已经燃起了小火苗。也许是一动不动的缘故，那火苗看起来像童话般安静。自然垂下的手臂袖口处也烧着了。

那男人在浓烟中大喊一声“傻瓜！”紧接着奋不顾身地扑过去，将她拦腰抱住。烧焦的裙子飘落在地上。男人手疾眼快，将她的纯白色内裤边也用力撕下来。

直到露出穿着丝袜的大腿，咲子才像忽然惊醒了一般，想弯腰用双手遮住腿部，但却扑通一声倒地昏厥过去。男子用手臂夹住她，艰难地拖了出去。

她和鸟居博士立即被汽车送往医院。

鸟居博士全身将近三分之二的皮肤被烧伤，本以为必死无疑，没想到他竟然能一个人在医院的走廊里麻利地散步。当医生的老朋友接到电话，出来迎接他。他一看到老朋友，便吐字清晰地高声喊道："啊，多谢了。研究室着火了，火灾，烧得不轻。"就像在讲台上声嘶力竭地讲课时一样。

他走路时摆出一副英雄般的姿态，眉毛、睫毛全被火燎了，被毁掉的脸又红又肿，不用说肯定会留下疤痕，看上去像个怪物。

刚被抬上手术台时，他还可以诉说自己剧烈的痛苦，过了不久便开始神志不清，胡言乱语，不停地扭动。当时他全身缠满了绷带，即使涂了软膏，也只是为了防止烧坏的肌体腐烂。打针也是为了使他在一定程度上镇定下来。医院还立即从附近的自卫队找来十多名年轻士兵，验了血型，做好了输血的准备。但大家都心知肚明，这估计是无济于事的。

皮肤科部长过来之后不久，内科部长也赶来参加了特别会诊。但因为缠着绷带，患者又不配合，连戴听诊器，测量脉搏都很困难。

即使这些能够做到，结果可能也是一样的。医院已经尽了最大努力。医生们无可奈何地凝视了他一会儿，默默地走出了病房。

从理论上来讲，死亡已成定局。

咲子的病房和鸟居博士的隔了两间房，她当然听到了博士的呻吟声。

赶来看望她的朋友异口同声地说："真是意想不到的灾难啊，脸没事真是万幸。"

听到这些话，咲子痛彻心扉，她紧紧地抓住枕头暗自饮泣。

从右腿的大腿根起，整条腿都缠满了绷带，像假肢一样，而且钻心地灼痛。一想到这条腿已废，这位处女第一次痛苦地想到了结婚，并且深深地感到了生理上的可悲。

在被大火包围时，她感觉内心和身体的某个地方一下子苍老了许多，又仿佛瞬息间回到了童年。这两种感觉至今仍在她内心纠缠着，无法调和。正因如此，她才变得歇斯底里了。

惊愕与兴奋之后，她竟然产生了生理上的快感，宛若真空世界的彩虹，却与道德无关。道德已经被烧伤的疼痛替代了。

她的内心再也无法激起对鸟居博士伤情的深切担忧，也许是因为自己的生命已经实实在在地保住了吧。

今年春天，咲子从音乐学院的声乐专业毕业之后，成了战争医学研究者的女助手。这似乎有些八竿子打不着，但在当今社会，尤其是对日本女性来讲，这种“跑偏”一点儿也不奇怪。

鸟居博士和她很相似。也许是因为读的公立大学，他在运动员中属于没有荒废学业的，这并不是因为他的头脑特别缜密。在运动方面，他也从未创造过一项新纪录。

性格开朗、容貌俊美给他加了不少分，不知不觉就受欢迎起来。后来更是得到领导的赏识，当上了教练，不需要亲自参加竞技运动了，而且还颇有声望。

制定科学的训练方法必须以运动医学为基础，这并不是他的创新观点，但他总觉得就是自己的独创，说干就干地投身其中，潜心研究。这是他的优点。即使在严谨的医学研究者看来如同小孩游戏一般的统计方法，也令他十分痴迷。实际上，这些是对体育界有所贡献的。

就这样，他成了红人儿，连一流报纸的体育专栏也刊载了关于他的访谈文章。

无论体育还是战争，都是对心身的极大历练，这点是相通的。而且，当时国内处于好战情绪高涨的非常时期。随着对兵器、毒气的研究，一门可称为战争医学的学科也得以进步和发展，出现了一批相关专家。赴医科大学访问研究的军医人数激增，也不断有大学学者去军队进行交流和互动。

虽然并不想追赶潮流凑热闹，但乌居博士不知从何时起已经成为少壮派战争医学研究者的一员。回首彼时的自己，他应该会感到非常吃惊，但那时的他确实为了工作上的事情忘我地苦干，拼尽了全力。

为了那无关紧要的一厘米或半厘米，哪怕缩短寿命也在所不惜，只为了让全世界都为自己欢呼和沸腾。他就是这样一个具备跳高运动体育精神的男人。

相对来说，运动医学的博士学位没那么容易获取，而在战争医学领域却唾手可得。

他的论文仅由主审教授一人审阅。主审教授评价说，因为涉及军事机密，论文内容不便公开发表，总之对空中作战方面贡献很大，对于国家而言也是弥足珍贵的研究成果。主审教授此话一出，教授自然会全体意见一致，沉默即表示赞成。于是就这么通过了。

那是一篇关于空中作战中的神经生理学的论文。

他将老鼠和兔子放进模型飞机，模拟高空翻筋斗等特技动作。

当然自己也去了机场，乘坐战斗机进行了实验。他拍着同乘的年长军官的肩膀，像大将军一样得意扬扬地说："嗯，和老鼠实验的结果一样。"

一年一度的防空演习即将来临，他想在那之前将自己的研究告一段落，于是找了一间秘密研究室，在那里夜以继日地奋战了几个通宵。

完成这项研究之后，他将获得去国外深造的机会。他想把欧洲大战时的战壕生理学等学科引进到国内来研究。

由于太过于斗志昂扬地彻夜工作，连鸟居博士也疏忽大意了。

那天，咲子比平时早到了研究室，想准备早晨的红茶，于是打开煤气灶开始烧水。这时鸟居博士在旁边，正要把酒精罐里的酒精倒到玻璃坛子里去，所以一瞬间引发着火，偌大的酒精罐轰然爆炸了。

一到盛夏，医院里的儿童患者就急剧增加。因为都想趁着暑假来治疗平时的一些慢性疾病。

其中扁桃体摘除手术最多。都是些城市里患腺病质的孩子。而且令人不可思议的是，几乎全是女孩。

少女们的眼唇轮廓充满了现代感，鹅蛋脸儿看上去显得聪明伶俐。清一色单薄的身板儿，在走廊里闲庭信步。

这些娇弱的花朵给医院增添了一抹明快的色彩。不一会儿，她们就开始了病友社交。

从喉咙中切除扁桃体是个简单的手术，但需要在脖颈上固定一个冰袋，对里面的伤口进行冷敷。少女们觉得像贵妇的项链一样，十分有趣。

“这个好时尚啊！”

她们一边相互打趣着，一边松开纱布结，得意扬扬地将垂在胸前的纱布包裹着的冰袋拉出来给大人看，逗他们发笑。

这些城市孩子中好像流行穿睡衣。

如果穿的是质地不好的毛巾布睡衣，就会感到相形见绌，没有睡衣的孩子就更加寒碜，所以在入院还不到三天的时间内，大家都穿上了上优质的睡衣。

这些“睡衣们”肩并肩地去咖啡厅吃冰淇淋。

有一位从事木材批发的商人，因眼睛下方长了肿瘤，不得不切除了从鼻子到脸颊的肉，以至于连骨头都露出来了。他已经在医院住了三个月。病房隔壁是宽敞的日式房间，每个房间内住着四位患腺病质的少女。这些本是二等单间病房，但因耳鼻喉科满员了，只好采取这样临时、方便的杂居模式。

木材批发商的病房里每天都有亲戚蜂拥而至，他们是为了争夺遗产而来的。因为商人没有孩子，兄弟们不希望他的妻子继承财产，想让他立侄子为继承人，这样他们就都可以分得一份家产。所以，他们每天来医院，是为了唠叨病人妻子的坏话，想方设法让他写遗书的。

然而，病人连做梦也没有想过自己会死。

妻子也觉得，除了让他写遗书没有其他办法，但却无论如何也说不出口。

病人看起来有点儿头脑发昏，本以为他会听信亲戚们的谗言，视妻子为仇敌，可没想到他却紧握妻子的双手，倾诉了自己的孤独。然而，这只是一时兴起，平时他依然阴郁冷漠，什么也不和妻子说。

隔壁就是医院的护士站。到了半夜，就能听见隔壁木材批发商妻子的啜泣声。

白天，她在病房里实在待不下去了，便漫无目的地在走廊里溜达，站在卫生间和洗衣房里和其他看护们说说话。

“起初我想尽量省着点儿，所以都是坐电车来往医院的。现在竟然发生这样的事，实在是无法接受。如果早知道自己将一无所得，真不如不节约了。再也不想坐电车了。二十年来我一直含辛茹苦，勤俭持家。这真是太可笑了。”这位五十岁左右，优雅大方的女人颔首苦笑道。

她年轻时一定是位美人吧。如今虽风华不在，空余落寞，但从她举止言谈的细节中仍然可以想象出昔日的风采。这更加激起了其他看护们的同情。

“可是，多少还是会给太太留一些吧，应该够您过不错的生活了。”

“这也难说呀。”

她凝视着傍晚天空下的白杨树，又开始反复计算着，光自己私房钱的利息就足够一个人生活下去了。

“已经三个月了。再这样站下去腿都要麻了。”

“是啊，我们干了一个月就坚持不了了。许多人都找借口换班了。你眼看着一天比一天消瘦了呢。”

“不如我先去死好了。”

“哎呀，别乱讲！太太，可不能有这种想法啊。”

“嗯。”妻子浅笑了一下。她眼角发黑，像是沉积了恶性毒素。

“最近生病的小朋友不是很多嘛，有两个人竟然问我要不要收养这些孩子，一本正经的呢，真是吓了我一跳。我只跟你们说说，可不要外传。”

“啊，真是想不到啊。”

这些派遣看护员们一边使劲儿拧着病人的浴衣，一边抬头看了看这位五十开外的女人。心想，原来真有这样轻松的生财门路啊？自己咋就那么傻，什么也不知道呢？

与那些患城市病的少女们相比，鸟居博士的入院给医院带来了更多的热闹气氛。

首先，光是他昼夜不停的呻吟声就已经充分吸引了各个病房里人们的注意。

其次，入院第一天，身着军服的人和体育界的探望者太多了，以至于走廊里一片混乱，拥挤不堪。

时值炎夏，病房的窗户和门都敞开着，护士们听到走廊上传来的体育明星的名字，唏嘘不已，还有几个女孩子甚至尾随在军官身后。

而鸟居博士仍然说着怪鸟被勒死了之类的胡言乱语，频繁呕吐，而且排血便和血尿。

他陷入了昏迷，呼吸急促，处于濒死的边缘，所以已经没有吸引大家兴趣的价值了。人们自然将注意力集中在了肯定能活下来的咲子身上。

他们的第一个疑惑是，博士三十五岁仍然单身，那么美丽的女助手咲子是不是他的未婚妻，或者是恋人呢？

大家想知道咲子有多难过，于是偷偷地来到她的病房外往里窥探。

他们想看到的是咲子悲伤的面孔，所谓对年轻美女单手单脚被烧伤的同情不过如此。

入院次日，来了四五个像是咲子朋友的姑娘，帮她在面朝走廊的窗户和门上都装上了十分美丽的花朵图案的帘子。

从那以后，就有一个谣言不知从何处开始悄悄地流传开来，说是听见她在欢快地唱歌。

住在她对面的病房里的是一位患膀胱结石的老人，已经入院四十天了。他是一位很久以前便声名远播、颇有来历的陶器师。先是被前列腺增生困扰，之后又查出膀胱里有结石，至今已经六年了。不是一两颗结石，而是有许多小结石附着在膀胱膜上。做了一次碎石手术也未能完全清除，似乎没有治愈的希望了。

年迈的妻子因长期陪伴他看病而积累了不少经验。年轻的夜班医生插入导尿管的手法哪里好了，哪里不好了，她都颇多微词。因此，医生不得不拿着好几种金属材质和橡胶材质的导尿管，去和她商量究竟使用哪种。

老人白天昏昏沉沉的，到了半夜便开始叫疼。

“我说，老头子，与其这么痛苦地活着，还不如死了好呢。”

“是啊。”

“可是，死了也挺没意思的，还是活着好。”

“也是啊。”

老奶奶一边慢悠悠地摇着蒲扇一边唠叨着。听到他们的对话，旁边的看护员也忍不住十分好奇。

老人已经七十二岁高龄了，老奶奶六十八岁。

此时阳光正烈，窗户上的两只鸽子使劲儿地扇动着翅膀，一副相亲相爱的样子。

“哎，老头子，现在的年轻人变了。”

“是嘛。”

“恋人已经那么痛苦，都濒临死亡边缘了，她还动情地唱歌呢。”

老人迷迷糊糊地打着盹儿，没有应答。

“那些孩子们也是，不知道为什么都那样大摇大摆地走路。”

“嗯。”

“老头子你不能睡着啊，否则到了晚上又要哼哼唧唧吵人了。”

“哦，太阳太晃眼了。”

“你还是想死在家里吧。”

“嗯。”

“我跟医生说请他尽力而为。除非医院已经无能为力了，否则家里的大门是不会对我们敞开的。你儿子好过分啊。你辛苦一辈子，把钱都给了他，给自己留的也太少了。”

“是啊。”

老人闭上了眼睛。

“今天午饭的时候，外面的人来医院参观，吓了一跳呢。有几个姑娘看起来明明还是可爱的小女孩，却一个个挺着大肚子从妇产科回来，看表情一点儿也不害臊。这世道真是变了啊。”

老人开始发出不均匀的微弱的鼾声。

老太太站起身来，朝院子里的鸽子扔了些面包屑。

次日早晨，木材批发商难得地盘腿坐在病床上，一边冷漠而愤怒地盯着跟前椅子上脸色苍白、正襟危坐的总管和员工，一边狂躁地拔着小腿上的毛。

昨晚，木材厂的仓库着火了。

“畜生！”

他半张脸都包着纱布，嘴唇颤抖着蹦出这么一句。

“真是不吉利啊，那个烧伤的家伙入院后不久，我们的仓库就烧毁了。今晚他该见鬼去了吧！”

由于涉及遗产之争，所以警察怀疑有人放火，把他的妻子和亲戚们都传唤来问话。

员工们正诚惶诚恐、面面相觑的时候，悠悠地飘来了咲子的歌声。

声音虽小却自然，流露着掩饰不住的生的喜悦。

护士们给每个病房都发了遮挡电灯泡的黑布。

勤杂工扛着高高的梯子，把走廊里的灯泡一个个包起来。

从白天开始便听到爆炸声、枪声以及警笛的鸣叫声。

今天有防空演习。

除了要包上厚厚的布，还必须将灯泡低垂至地板，所以大部分病房都变得很暗了。

医院中庭响起了灯火管制令的吆喝声。

不一会儿，看不见月亮的漆黑夜空中响起了螺旋桨的轰鸣声，接着就看到了机翼。直升机把鸟居博士的研究材料带来了。

还有他为之奉献了全部的军队里的人。

昏暗的走廊里，死亡使者般的黑色身影并排肃立着。博士缠着白色绷带的胸口剧烈地起伏着。

这是临死之前呼吸困难的表现。

他发出像怪鸟般歇斯底里的惨叫声，像是要将肉体和灵魂撕裂开来。

医生用钢笔形手电筒照了照他的瞳孔。

博士向右侧了下身子，又向左使劲儿，然后像要挠破眼前这令人窒息的黑暗一样，颤颤巍巍地伸出双手，但却什么也做不了。

“把灯打开。让光线亮一点儿。让他在明亮的地方离去吧。”坐在他枕边椅子上的人轻声说。

“是，阁下，这样没问题吗？”

“没事，我来负责。”

“是。”

一名军官将灯泡上的黑布拿掉，房间里立刻显得异常明亮。鸟居博士“嗯”了一声，身子向后一仰，气绝身亡了。

穿着袴服的军官缓缓起身，用黑布将灯泡包上。

不一会儿，博士的遗体被悄无声息地从灯火管制的走廊上抬走了。

整个东京沉寂在漆黑的夜里。

城市病的小贵妇们都入睡了。

陶器师年迈的妻子对他说：“老头子，你肯定想回家吧，不想像那样死了之后被抬走吧？”

“是啊。”

“那个病人真吵啊。他走了之后，你就变成最吵的了吧。”

“是个年轻人吗？”

“嗯，撇下一位美丽的姑娘走了。”

“有孩子吗？”

“说什么傻话呢。老头子，是个漂亮的姑娘呢。”

“哦，是吗？”

此刻，木材批发商什么也不说了，只是默默地目送遗体远去。

妻子说：“不过，他的葬礼应该很热闹，很气派吧。”

他没有接话。

咲子抓住看护员的肩膀，走到病房门口。

抬着遗体的担架从跟前经过时，她喊了一声：“老师！”看护员示意担架停下来。

咲子向担架伸出手，随即又抱住护士的脖颈，将头埋在护士的肩膀上，“算了，让他走吧，麻烦抱我到床上去。我已经完全变成一个娇宝宝了，明明已经会走了。”

她想起和鸟居博士的约定，如果他出国深造的话，自己也将追随而去，学习声乐。远在异国他乡的两个人，一定会结婚吧。

她不明缘起地开始唱一首名为《何以为家》的意大利歌曲。

唱着唱着不禁潸然泪下，声音也越发明亮高亢起来。

她想，明天早晨，一定要使出浑身气力好好唱。

» 煤山雀

在报纸新闻上看到木曾的上松町发生了严重火灾，松雄赶紧喊来妻子问道："那只煤山雀也不知道怎么样了……"

好像和他一起去木曾的是妻子似的。

治子很想驳斥他说："和我说煤山雀的事情，你是不是找错人了？"但还是忍住了。她看了看新闻的内容。

东京的报纸自然不会详细刊登那么遥远的乡下街区发生的火灾，只是一则通常会一眼扫过的小简讯。

"既然没有报道伤亡情况，那煤山雀肯定被家人救走了。"

治子尽量装作漫不经心的样子。

"也许吧。应该被救走了吧？"

那口气仿佛是关于煤山雀的事情，治子应该比他更了解才对。

接着，他马上又自言自语道："真是一只不错的煤山雀啊。"

一边嘀咕，一边略歪着脑袋，眼睛陶醉地眯成了一条缝，一副正在欣赏煤山雀叫声的表情。连治子都下意识地竖起耳朵，仿佛真的听见小鸟清脆嘹亮的叫声了。

治子看着丈夫的表情，觉得他是真的想起煤山雀的叫声了，而不是想起了和他一起去木曾的那个女人。但这是不可能的吧，他一定同时想起了那个女人。只不过表情有些孩子气，给治子造成了错觉。所以她才会那么觉得。这绝对不是什么好事情。治子觉得，想起那个女人，比想起煤山雀倒还好些。

“鸟笼子被放在四面糊纸的箱子里，挂在账房的柱子上了。因为在高处，主人急急忙忙冲出去的时候有可能忘记它啊。”

松雄继续絮絮叨叨地说着。治子觉得他有些可怜，同时感到阵阵凉意袭上脊背。

“因为有比煤山雀更重要的事情吧？”

试想一下，那么多人家被烧毁，那么多人被困，但松雄却只关心一只小鸟，这不是很奇怪吗？

然而反过来想想，松雄在上松町没有一个亲戚或熟人，只担心一只煤山雀似乎也没什么不可思议的。人有的时候就是这样。况且，假如那煤山雀真如松雄所说是只名鸟，放在上天的精密之秤上去比较的话，也许一只小鸟真的比一条街上的所有东西加起来还要贵重。人类抱着这样的想法直面生死的例子在历史上不胜枚举。甚至有人为了宝物飞蛾扑火也在所不惜。

受丈夫这种冷漠性格的影响，治子有时也会反省。

结婚几年来，自己有一次比丈夫先睡吗？起初因为总是比丈夫晚睡，她竟然产生了错觉，认为女人天生就比男人睡得晚，容易醒。但现在她已经非常清楚是什么原因会导致她产生类似的错觉了。

“我还是应该把那只煤山雀买回来。”松雄说道。

“嗯。”治子点点头，“不愧是你啊，总会马上坦白的。”

为了向治子隐瞒和其他女人一起去木曽的事情，他没有买煤山雀就回来了。但即使这样也没用，因为他是个嘴巴把不住门的人。

那是松雄离家两三天后，他刚一回来就去各个花鸟商店溜达着寻觅煤山雀。治子正觉得奇怪呢，松雄就讲了，东京的花鸟商店里找不到他在木曾上松町听到的叫声那么好听的煤山雀。说着说着就将同行女人的事情泄漏出来了。好像是在去寝觉之床[①]的路上，松雄因为煤山雀的事情和那女人吵架了。

他们在上松町下火车就是为了去游览寝觉之床的。可还没走出检票口，松雄就听见了煤山雀的叫声。那女人并未听见。松雄循着叫声着了魔似的找过去，发现在一家木材店的账房里，挂着一只煤山雀的笼子。他站在门口听得入了迷，禁不住赞叹道："实在是太好听了！真是名鸟啊！"

边说边径自进了账房。木材店老板盯着他看了片刻，继续简慢地对账，但脸上却流露出掩饰不住的得意。松雄毫不客气地坐下来，向主人打听煤山雀的事情。因为他平日里并没有特别喜爱煤山雀，所以对此一无所知。

他只是凭感觉赞扬它是只名鸟。而且从主人得意的言辞来观察，这直觉多半是对的。总之，他是一个会被自己不可思议的敏锐直觉驱使，随心所欲做事情的男人。他供职的公司是一个庞大的集团，涉及各种机械工业、矿山、土地、银行、保险、运输、纺织品等几乎所有行业。他在公司里没有固定的座位，工作也没有专业要求，只是凭感觉对业务进行判断和计划，为其他部门提供参考。貌似没什么用处，但却享受着相对较高的薪水。换言之，他是一个非普通意义上的成功

---

① 日本名胜景点。

人士，一边说着无欲则刚，一边孜孜追求自己想要的东西。他平时喜欢收藏瓷器和古玩，有时还会置买些房子和地皮，而且大部分都是捡漏儿，所以积攒了不少意外之财。但他却依然静水流深，不露声色。

“是不是每个公司都有像你这种算卦先生一样的人？”

治子觉得在这个科技发达的社会上，丈夫的工作让人没什么安全感。但松雄却满不在乎地说：“也许有吧，我不清楚。反正我在公司会注意的。万一被开除就麻烦了。说我是算命先生不太好吧，我这是一种艺术呢。”

虽然他一直摆出一副对工作轻车熟路的样子，但关键时刻感觉就迟钝了。尽管对工作自信满满，但平时看起来却是一副落寞的样子。这也许是身为他的妻子的治子内心寂寞的投影吧。

他此次去信州也是凭感觉去考察一块即将建造别墅的土地。而且还厚颜无耻地说，有时候是需要带喜欢的女人出去走走的。

上松町的木材店老板把松雄当成煤山雀的爱好者了，还得意地说起了松本地区和鸣大会的盛况。同去的女人看起来一点儿也不感兴趣。松雄恳请主人将煤山雀让于他，但主人一副千金不换的样子，坚决地拒绝了他。

松雄不死心，已经走出店门了，又站在那里回首聆听煤山雀的叫声。离开上松町很久之后，木材店的小伙计骑着自行车追了上来，说可以出售煤山雀，二十日元。

松雄立刻打算回去，但转念一想，如果带煤山雀回家的话，治子不就知道自己带女人出来的事了吗？虽然同在信州，但他的出差地是北信浓，而不是木曾。

说顺道去木曾的寝觉之床观光似乎是可以的，但这样的谎话他完全说不出口，很快就会露馅，对此他自己也心知肚明。于是，他拜托那女人帮忙暂时保管和饲养煤山雀，但那女人从刚才起就对这小鸟相当反感，当然不会同意。他像小孩子一样死乞白赖地央求，甚至忘了旁边还站着木材店小伙计。那女人也很固执。结果只顾着讨论煤山雀的事情，寝觉之床等哪儿也没有去成。

他和那女人好像很快就分手了，并不是因为煤山雀的事儿。他和哪个女人也没有长久过。

正因为觉得他和那些女人都长久不了，所以治子屡次三番地原谅他。而且，她也把这个当成了死心的理由。冷静地想想，挺不可思议的。起初，她并不相信有女人愿意和有妇之夫交往，但这幼稚的想法很快就消失了。尽管如此，为何那些女人会那么快就和松雄分手，至今仍是难解之谜。松雄也只有这个缺点了吧？难道只有自己还看不清松雄是个不能长相厮守的男人，仍然和他生活在同一屋檐下？这好像也不仅仅是妻子和情人的区别。

而且，和松雄分手的那些女人没有一个到家里来泄愤的。听他说，那些女人分手后都不怨恨他，当然他也从不说她们的坏话。

一旦治子知道了女人的事，松雄和女人见面后都会幼稚地、坦白地认罪，而治子总是温顺地听着。虽说已经习惯了，但每当这时，心中总有一双悲伤的眼睛瞪得圆圆的，一动不动地盯着松雄。

他似乎可以没有任何痛苦地忘掉已经分手的女人，但治子却无法忘记。结果，被松雄忘掉的女人全都被治子牢记了。仿佛治子有义务帮他记住这些女人。不只是女人的事，其他方面的事情也是如此。虽说这是夫妻之间常有的事，但松雄做的毕竟有些过了。

分手后，那些女人的生活不会有任何变化，也未必会将与松雄交往过的事永远深藏在心中，松雄也都忘记了，只有“第三者”——治子一个人将其深深地刻在了心间。这算什么事儿呢？

松雄溺爱孩子，每天晚上非要抱着三岁的女儿睡觉。

治子说：“要是像你就完蛋了。”

“啊？女孩子不要紧的啦。”

“睡觉之前拜托你了。”

“嗯。”松雄熟练地抱起孩子，去洗手间了。望着他的背影，治子突然很想大笑。在其他女人那里，松雄是什么表现呢？

“如果是你的话，一定会将上松的那只煤山雀买回来吧。下次一起去吧！”

松雄嘴上对治子这么说，可是转头却又带其他女人去了日光。

那时刚刚入梅，山上正是百鸟争鸣的时候。松雄欣赏着华严瀑布，但心思却被煤山雀和知更鸟的欢叫声吸引去了。即便在汤湖边钓鳟鱼时，只要煤山雀一叫，他就只顾着数数去了。嘹亮的鸣叫声回荡在湖面上，那情景煞是美妙。但他回来后不久就和治子说，那里的鸟没有一只可以连叫七声的，跟木曾上松的名鸟相比简直是望尘莫及。

到了日光站，他又有了新的想法，到街上寻觅小鸟去了。彼时已日暮，同行的女人忍不住牢骚满腹。这个地方以绣眼鸟居多。他终于找到一家出售小鸟的商店，本来是家发饰店，但主人饲养了自己喜欢的雏鸟，据说还销往东京了。穿过庭院里的通道，里面有一间小房子，像是在地面上挖了个坑建造起来似的，连坐的地方都没有，里面只有三只绣眼鸟。发饰店老板开始滔滔不绝地讲起来，说绣眼鸟比煤山雀有趣多了。松雄踱到其中一个笼子下方，那是店主最喜欢的一只鸟，但松雄却并没有看到上松的煤山雀时那般激动。

“这并不是什么名贵的鸟啊。”

听他这么一说，店主以为他是赏鸟行家，于是一下子将绣眼鸟的价格降了下来。松雄想，这个价格还算公道，可以买。于是又拜托同行的女人帮她饲养。女人说太麻烦了，没有答应。因为在雨雾天气被迫跟着溜达，她的衣服已经起皱，越发不开心了。

后来跟治子讲起这件事时，日光的知更鸟也不像木曾的煤山雀一样，在他心中留下了那么深刻的印象。

木曾的煤山雀是前年初秋的事，日光的知更鸟则是去年初夏的事。不久，他和同去日光的女人也分手了。

从今年正月开始，不知什么原因，他一下子发福了。自己也非常懊恼。本来脸就胖，稍微一低头，就会像女人一样出现双下巴。耳垂也很富态，眼皮看上去很和善。现在一发福，从背后看上去总觉得有些凄凉，令人不可思议。

有时，他也会一边摸着凸起的肚子，一边痴痴地说：“总觉得胖得太不正常了，不会是哪里有问题了吧？”

“饮酒过量了。稍微控制一下吧。”

治子建议道，心想，最近他好像没有和什么女人走得太近。

“什么？我想瘦自然是可以瘦下来的。”松雄笑道，“话说回来，你也胖了呀。”

“也许是吧。”治子凝视了一下自己的手腕和膝盖。

“孩子也长得结实……”松雄自言自语道。

治子肚子里忽然一股无名火起，心想，你这个沾沾自喜的家伙！她闭着眼睛，极力控制自己的情绪。如果对松雄说得稍微夸张一点儿，说自己没有一天不想着与他分手的话，他该有多吃惊呢。

松雄忽然现出孩子般开心的神情，对治子说：“大家都说我命好啊，性格好啊，但我真的从没认真考虑过要索取什么。也许因为这个才比较受欢迎吧。”

“有这回事吗？你也太自信了吧！”

“倒也没那么自信啦！女人们都不怎么尊敬我的。”

治子对此话感到非常意外。

梅雨季的一天，治子在整理壁橱，发现有东西发霉了。她特别讨厌这个，正慌慌张张地将里面的东西全部拿出来检查的时候，有客人到访了。未见其人，先闻鸟声。原来是木曾上松的木材店老板，说是因为生意上的事情来东京出差，顺便将煤山雀也带来了。

治子不知为何感到分外狼狈。木材店老板一定知道，前年松雄带去木曾的不是自己的妻子，如今见到治子，他心里该作何感想呢？

治子和他说了丈夫外出了，可她仍说，既然已经带来了，就放在这里好了。

“如果不需要的话，我还要在东京待上两三日呢。到时候可以往我的住处打电话，我来取就是了。”

“啊，可是，我丈夫这人朝秦暮楚的，他根本没饲养过小鸟呢。”

然而，木材店老板一副并不信服的表情，似乎觉得治子在撒谎。结果治子还是付了钱，二十日元，比丈夫说的价格还便宜了十日元。

傍晚时分，松雄回来了，高兴得像孩子一样，守在笼子旁边舍不得离开。

“这真是那只鸟吗？事后我有些担心，他拿来的莫不是别的鸟吧？”

“不，是那只鸟。绝对没错。”

然而，四五日后，日光的头饰店老板也带了两只煤山雀来访了。这次治子很爽快地笑着买下了。价格也很便宜。

松雄从公司回来后，本以为他会听听鸟儿的鸣叫声，没想到他却不假思索地打开笼子上的小门，放飞了两只小鸟。

“啊？你这是干什么？”治子急忙跑到院子里去追两只鸟儿。

“这种鸟不行。让它们去吧，去吧！”松雄满不在乎地说。

治子遥望着天空中逃走的两只煤山雀，沉默良久。丈夫如此果断地放走了煤山雀，没有一丝留恋，她竟说不出埋怨的话来。相反，却对他产生了些许敬意。

就在她认为丈夫已经忘却煤山雀时，木曾的木材店老板和日光的头饰店老板还记得和他的约定，特意将小鸟带来东京，这真是不可思议。

更加令她不可思议的是，自己居然每天照顾着象征丈夫和另外两位女人回忆的小鸟。

松雄不在家的时候，治子坐在鸟笼旁边，专注地凝视着这只煤山雀。这种鸟在鸟类中属于体形较小的。叫声嘹亮清脆，婉转悠扬，响彻了治子的整个胸腔，令她痛苦得喘不过气来。她闭上双眼，一动不动地听得入了神。仿佛有一种声音从神明的世界连通到丈夫的生命，又一股脑地响彻了她的整个身心。她独自低下头，流下了两行清泪。

» 朝云

她第一次去教室时，中途在走廊拐角处停了下来，从古朴的窗户抬头望了望天空。白云的边缘尚残留着些许清晨的蔷薇色。

从那以后，每当我值日擦玻璃时，总会想起那一幕。她就是透过这扇窗户遥望天空的。我朝玻璃上哈着气，仔细地擦拭着，自己也忍不住透过玻璃向天空望去。我没有对一起值日的朋友讲起过那件事。她一定从未发现，自己眺望天空的那扇窗的玻璃擦得特别干净吧。

然而，她为何在那里停下来眺望云彩呢？是作为老师第一次踏进教室前的踟蹰，还是为了逃避严阵以待的我们的目光？

她在就任致辞中说道："听说各地的云都不一样，不知道是不是真的。比如有人说，静冈的云和四国的云，越后的云和仙台的云，形状就不一样。也有人说，乘坐飞机时，看看云的形状就知道到哪里了。台湾的云和北海道的云肯定是不一样的，但真的是所有地方的云都不同吗？"

她是由云想到了远赴他乡来教书的自己吗？

我们是第一次听到关于云还有这样的说法，虽然也想说些什么回应一下，但还是集体沉默了。大家似乎觉得连身体动一下都很不自在。谁先开口与如此美丽的老师搭话，就一定会成为众矢之的。她给我们的第一印象是冷美人，这也是我们身为少女的警备之心吧。

她讲课过于平淡且缺乏实质内容。而我们之前的老师朗读文章时总是抑扬顿挫，充满感情，完全陶醉其中。相比之下，她朗读得太过平顺了，就是不间断地读着而已。在我们听来，完全不像语文老师应有的朗读水平。如果之前的老师在场的话，也许会提醒她说："没有领悟到文章的真谛吧？"对文章的解释也很简单，不像之前那位老师会对文章进行各种赏析。按照这样的进度，三四个月就可以把一年的内容教完了。

之前那位男老师非常自信，甚至在课堂上也说过自己非池中物，是不会永远埋没在这地方的女子学校里，做一名普普通通的老师的。还把自己在语文学的专业杂志上发表的研究成果拿到教室里来读给我们听。女中二三年级的我们，虽然对那些研究成果似懂非懂，但仍然对他十分崇拜。后来，他果真如自己老早之前预言的，去一所优秀的学校高就了，走的时候对我们学校没有一丝留恋。因此，我们更加觉得他很了不起，同时又觉得被他抛弃了，很是失落。擅长语文且成绩突出的我那时便下定决心，等将来毕业了，也要从事语文学研究，再次获得老师的认可。

来继任的便是她。彼时正值四月，我们刚刚成为三年级的学生。

六月份将召开我们女校一年一度的家长会暨学习成绩汇报演出会。我们班出的节目是和语文相关的。本以为是朗读作文啊、对话啊之类的，没想到她说要将课本中的诗歌改编成舞蹈进行表演。她选了岛崎藤村的一首诗，编了曲，录了唱片。放给我们听的时候，我们的心都狂跳不止，猜想着谁会被选中去跳这段舞蹈。

女校的惯例是在家长会上演出过的同学就不用参加下次演出了。

我一年级时曾经表演过唱歌，所以已经完成了汇报演出的任务。但她因为新任班主任不久，并不了解班上的情况，所以让我们互相推荐由谁去担任这个角色，结果我成为被选中的十二人之一。下课之后她一边指导我们的动作，一边认真地欣赏我们跳舞，又从十二个人中挑选了四人。我也是其中之一。但开心的同时又感到一丝不安。被选中的四人刚好身高差不多，所以我对自己说，她并不是根据跳得好坏，而是根据身高选人的。我还特意对班上的其他同学强调了这一点。

然而，还是有些人十分嫉妒，有的甚至哭了。特别是最初被选中的十二人已经排练了几日了，其中八人在复选中成为遗珠，心里更不是滋味。

“被选中也是没办法的事。我们身为人类，就是在不断地被选中、被选中的过程中生存下去的。”她的肌肤似白璧般温润无瑕。当她说出这句话时，我的心“扑通”跳了一下。当时我站在她的侧面，抬头仰望着她颈部至下巴的弧线，感觉整个身体已为那摄人心魄的美所穿透。

看见有人为此而哭泣，我真想把这机会让出去。但并没有人因我被选中而说什么坏话，所以我也就安安心心地继续排练了。但没想到的是，我们四人中间还有人心生嫉妒，四处散播起谣言来。

“菊井老师对小宫特别亲切哦！我去借唱片的时候，她居然看着我叫宫子呢！”

我愤怒极了，却又不知该如何应对。对我来讲，这明明是令人欣喜的话，但不知为何我却非常气愤，事后也觉得难为情。大概当时是觉得对她会有不好的影响吧。我想说她比我们想象得还要公平，但当时只顾着气愤了，竟然一句话也说不出来。后来，那个人便不再散布谣言了。

“我小时候身体较弱，所以稍微学了点儿舞蹈。但说起来也奇怪，进入女子大学之后，就再也没有跳过一次了。”她缓缓地讲着，“不过，跳舞是很开心的事呢。”

她的舞蹈老师原本是学习日本舞出身的，后来又融合了西洋风格的新舞蹈，由此成为名家。我们经常在报纸照片或杂志封面上看到那位女舞蹈家的照片。光是师从这样的名家已经令我们十分惊讶了。就像一个原本离我们很遥远的高贵耀眼的事物突然来到了我们身边一样，我们四人目不转睛地欣赏着她的舞姿，被那人体的灵动之美惊艳。她在走廊停下来，站在那里眺望云彩的身姿之所以给我留下如此深刻的印象，也是因为舞蹈已深入她的骨髓，与她融为一体的缘故吧。她手把手耐心地教我们跳舞，渐渐地，我们的身体也能流畅自如地展现舞蹈之美了，我们都感到精神鼓舞，热血沸腾。

“好了。宫子，来擦擦汗！”说着，她递给我一块手帕。当手帕抚上脸庞的一刹那，我的眼泪止不住地奔涌而出。我赶紧捂住双眼，逃也似的冲到走廊里。透过旧窗户抬头眺望初夏的天空，万里无云，碧空如洗。在一片炫目的光晕中，宛若新生般的喜悦向我裹挟而来，我不由得向她微笑。

她也用手摸了摸微微出汗的脸颊说：“有点儿热呢。”我们四人也学她用手摸着脸颊说：“好热呀，好热呀！”“小宫，你的脸通红呢！”“你才通红呢！”我们互相打趣着。她挨个儿看了看我们的红脸蛋，没说什么话。

我们的舞蹈节目获得了很高的评价。

从那以后，我对“菊井老师”这几个字特别难以启齿，上她的课时也不再举手了。被她点名提问时，我会不自觉地使劲儿做一个吞咽动作，然后再字正腔圆地回答她。当天夜里，还会在被窝里一个人咯咯地偷着乐。

从我们镇上看富士山似乎近在眼前，这里离大海也很近。通往学校的柏油马路两旁，栽种着东海道的松树，几乎终年无积雪。

我们女校每年二月都会组织去信州滑雪。我想她肯定也会去，于是决定参加。虽然不是很擅长滑雪，但因为她在老师中间属于较年轻的，又有舞蹈功底，所以进步神速。她滑雪的风格和读语文课本一样，又轻又平缓，如浮在雪上一般，十分优美。我尽量不靠近她，只是远远地关注着。

在这种场合，她从教师的身份中解放出来，像回到了学生时代。因为玩得太过尽兴，我反而稍微有些担心，很想提醒她一下。真羡慕那些可以自然、放松地和她说话的人。回到山上的驿站休息时，我很想帮她掸落背上的雪，但还是因为胆怯而没有那么做。虽然是难得的机会，但我还是一句话都没和她讲，就那么下山了。

从此，我更加拼命地学习语文。但并不希望在教室里得到她的褒奖，所以还是尽量不显山露水。有一次被点到名字时，明明知道正确的读法，但却一下子没有回答出来，被她批评了。我当时感觉非常耻辱，便暗暗下定决心，在剩下最后一年的时间里，我一定更加认真地上她的课。很快到了四年级。五月的一天，体操时间改成了打扫射箭场。我正在拔地上的小草，她不知道从哪里冒出来，一边帮我拔草一边问道：“第五节是什么课？”我心里怦怦乱跳，没有出声。旁边有人帮我回答道：“是家政课。”“嗯。”她轻轻地点点头，没再说什么。但我却非常郁闷。

有一次，也是这个时间，我们在练习射箭的时候下起了雨。她撑着一把雨伞从宿舍走过来，让我躲进下面。“再往这边靠近一点儿，否则要淋湿了。”她笑着搂过我的肩膀。我只穿了一件射箭服，肩膀感受到了她手掌的温度，差一点儿倒入她的怀中。

次日，我将有些潮湿的射箭服拿到大太阳底下晒干，抬头望见富士山，不禁大声喊：“好美啊！”

不久，学校组织去富士山脚下远足。每当离她很近时，总想告诉她，从我家可以很清楚地看到富士山，但最终也没有抓住机会说出口，她也没有主动和我搭话。那天，她大概身体不舒服，看上去脸色苍白。我至今都无法忘记她当时的样子。她身穿海蓝色西服，头上随意搭配了一顶白帽子，倚靠在一棵大松树上，低下头来。莫非她也有忧愁？那时我才恍然意识到，她和我是没有任何联系的两个人，也许某个时候，她就去了哪里也说不定。

有一次，她说从教室的窗户可以看见富士山，还在教室里给我们读了《竹取物语》。读罢，她感叹道：“这虽然是日本最古老的小说，但是非常通俗易懂，对吗？听我读了之后，是不是大致就明白意思了？将最古老的故事用如此深入浅出的语言表达出来，不是很令人欣慰吗？”还说这部童话故事的中心思想是颂扬少女的纯洁，在日本古典童话中是非常少见的，将竹子、月亮和富士山作为日本美学的象征来描绘，蕴含了古人的一种憧憬。她似乎很喜欢从竹子中生出来，最终升上月亮的公主。据说《竹取物语》那个时候，富士山还冒着烟呢。也许她仍遥想着那位倚靠在松树上的公主吧。

暑假过后的一个秋日，她穿了一件胭脂色的毛衣，胸前有一小片白色毛线的绣花，煞是可爱，和平时的风格完全不同。当我从宿舍走出来，和她面对面碰上时，不由自主地低下了头。她不能体会我的心情，所以我并不希望她注意到我，只想就那么看看她就好了。最终我也没有抬起头，但她穿着毛衣的可爱模样让我觉得她和我们这些少女并无多大区别。我像有了重大发现似的感到吃惊。而且，我感觉到自己身上有一种东西正在觉醒，也许这就是“青春”吧。一想到我将逐渐成长为像她那样的女性，就兴奋异常。我贪婪地偷看着她，又试着以她的目光来审视自己。受她的影响，我做好了迅速成长的准备，而她似乎对此一无所知。

到了冬天，学校特别流行在操场上跳绳。也许是偶然，我正要跳进去的时候，她也加入了。她抓住我的肩膀一起跳起来。我的脚一缩，立马被绳子绊住了。她摇晃着我的肩膀说：“哎呀，这样不行啊！”“对不起。”我边说边垂头丧气地想出来。但她将手搭在我的肩膀上，催促摇绳的少女们说：“再来一次！”绳子又开始摇起来。我把眼睛一闭，又跳了起来。我什么也不去想，只是随着她的节奏跳起来。就这样一直跳啊跳啊，感觉自己轻飘飘的，像上了发条的人偶一样跳个不停。我的腿渐渐发麻，失去了知觉，但仍保持节奏跳跃着，眼泪透过我紧闭的睫毛溢出来。我的脸感受到了她呼吸急促的气息。“不行了，不行了，啊，累死了！”说着，她将手从我肩膀上移开，跳出了绳子。我顿时觉得轻松许多，但仍继续跳着。在眼泪停止之前，也许只能这样不停地跳下去。

我在学校一共哭过两次，一次是排练舞蹈那会儿，她的手帕抚上我的脸颊时，另一次就是现在。打那之后很长的时间里，我经常做有关跳绳的梦，有时会梦到脚下没有土地，我跌入了黑暗的深渊，然后便惊醒了。

岁末将至，在一次拍羽毛毽子时，我不经意间和她四目相对，羽毛毽子掉了下去。后来，她帮我数数，我的技能竟然不可思议地突飞猛进，和跳绳的时候一模一样。

但有时，她上课的整整一个小时内都不看我一眼。我像泄了气的皮球一样，什么希望啊、空想啊全都烟消云散了。她对考试成绩要求非常严格，尤其反感答题时字写得乱七八糟，经常会对着学生碎碎念。我们的作文也经常挨她批评，她和之前男老师的教学方法完全不同。之前的老师热衷于语文文学研究，但不允许少女的文章中出现有关爱情的内容，这个我们也知道。而她在我们的日常用语方面则是有洁癖的。“饶了我吧，不要再用这样的措辞了。”她常常边说边别过头去。即使因为这些原因被骂，如果她先点了我的名字，我还是会开心一整天。

最近我不是因为她而一反常态吗？这点儿小事算什么。我想找个人诉诉衷肠，但还是忍住了。恐怕只能等到毕业时才能对别人讲。学校当然是绝对禁止老师和学生交往的。我和她也并没有交往。我常常想象着毕业之后给她写信时该如何遣词造句，想到这些就感到无比幸福。也许并不会收到回信，也许到了那个时候我根本不会写信给她。想象着这些，我已在心里悄悄地写好了给她的信。

转眼到了她就任的第二个年头。正月休假期间，我听到了她要辞职的传闻，不禁大吃一惊。她也教一年级的语文，听说是跟一年级的学生讲了这个事情。一想到她如此偏爱一年级的学生，我就感到无比落寞。为何要对我们保密，就这么一走了之呢？

去年年末的最后一节课不是还一如往常地授课，没有丝毫要离开的迹象吗？我的梦全部破灭了。我推掉了正月所有的约定。连小学的同窗会都没有参加。甚至没有去小学老师家里拜年。约好的三个朋友来我家新年聚会的事也取消了。而且，每当母亲喊“宫子”时，我总会吓一跳。我急忙站起身走过去，心想，今年正月，母亲喊我的频率特别高啊。那传闻到底是真是假，我没有向任何人求证。事到如今，我不敢提起她的名字，还要装作什么都不知道的样子，真是太差劲、太可悲了。我来到后院招呼小鸡们过来，将食物放在手心里给它们啄食。正月的富士山浮现在了我的眼前。

我已经不抱什么希望了。然而，九日去学校时，她居然好端端地还在学校，而且比去年更加美丽了。我小跑上去，希望和她迎面碰上。因为太惊喜了，我甚至顾不上同学们厌恶的目光，和她交换了手帕。而且，我们这周的值日老师，正好是她和久保老师两个人。

在狭小的值日教室里，我也被她骂过。她一边盯着我一边教训。为了请她批阅值周日志，我到处找她，终于在去往裁缝室的楼梯上看到了她的背影。“老师！”我喊住了她。她就站在楼梯上翻看了日志。冬日午后的阳光消散得早，楼梯上已经有些昏暗。她皱着眉头，将日志凑近了仔细查看着。我也使劲儿睁大了眼睛。我忽然意识到，这里只有我和她两个人，不由得一下子涨红了脸。这时要是能向她吐露心声就好了。我暗暗下决心，哪怕再喊一声“老师”也好，却再也喊不出来了。“可以。”她说着将日志还给我，然后便头也不回地向裁缝室走去。还是沉默为好吧。此时，如果我再喊一声“老师”，将会如何呢？看来我并不想让她了解我的心声。

她经常问我：“下一节是什么课？”我只小声回答“地理。”便再也没话了。这回答如此简慢，像要完全甩开她似的，有时甚至故意让她觉得我对她很反感。她也许在想，这孩子真招人厌。

又快到今年滑雪的日子了。明年春天就要毕业，这是最后一次和她一起滑雪，所以我无论如何都要参加。然而，和我一起约好的好朋友们一个两个都不去了，我不想被别人误会是因为她去我才去的，所以也决定退出。“你也不去了？”她问道。“嗯。”我干脆地回答。到了滑雪那天，我一整天都在苦苦地猜测，她正在山上的驿站和谁闲聊呢吧？滑得怎么样呢？第二天，听说她也没去滑雪，我一颗悬着的心才放下了。如此一来，去年她滑雪的优美身姿更加活灵活现地呈现在我的脑海里。我竟然想，我不在也好，让那么多女生都欣赏下她滑雪的身姿吧！

我这性格可真是乖张。明明想让她看到，但却躲在人后偷偷地关注她，羡慕可以轻松地和她搭话的人，自己却畏畏缩缩，消极怯懦。这样的我真可悲。那阵子，我一直嘟嘟哝哝的口头禅就是“她真是美得不可方物。”甚至会抱怨：“像她这么美的人为何会来女校做老师呢？”她往这个世界撒播了太多的罪恶，而自己却浑然不知。因为她，我近乎绝望地迫切希望自己变得更加美丽。

我将自己的生活分为可以见到她的日子和见不到她的日子。我甚至记住了，只要稍微迟点儿到校，就可以在校门口附近看到她。

漫天樱花开放的时候，我成为五年级的学生。这次是学校组织的最后一次富士山下的远足，但我却因感冒而不得不留下来了。那天早晨，烟雨蒙蒙，春寒料峭。大家整好队之后，仍不见她的踪影。我的心怦怦地跳个不停，莫非她和我一样留下来了？然而，当学生的队伍将要出发的节骨眼儿上，她匆匆忙忙地跑来了。看也没看我们这些留下来的学生一眼，便追随队伍而去。

永远都是我一个人在唱独角戏。就这样，表面上平平静静的，终于迎来了校园生活结束的日子。临别时刻，其他老师们都给我们写了毕业寄语，唯独她没写。

她也没有表现出临别的悲伤，反而笑嘻嘻的。每当学生说了什么，她总是开朗地笑着。我第一次见她这样笑。她在我们的课桌之间走来走去，仿佛自己是即将毕业的少女。我不再像三年前那样，认为她是个冷漠的人，此时只觉得她很不可思议。大家和她一起开开心心地热闹着，也许只有我一个人想真正深入了解她。我感到一阵孤独。一整节课我都目不转睛地盯着她。我从来没有这样过。从头到尾一直全神贯注地盯着她。然而，只有那天，她竟没有看我一眼。多么可笑啊！应该不是故意躲我，只是忙着和大家热闹，忽略了我吧？

毕业典礼上，我莫名其妙地哭了，但内心并不十分悲伤。临别之际，所有的老师都为我们签名留念，只有她没有。

“菊井老师！菊井老师！”大家四处寻她。因为要找勤杂工大叔签名，所以我们朝勤杂室走去。这时，听到后面有一大批人跑过来的声音，回头一瞧，跑在最前面的正是她。“老师！老师！”毕业生们疯狂地追着她。终于在标本室将她围住。大家排成了长队等她签名，同时嘴里嚷嚷着：“好过分呀！老师，您太过分了！一个人逃走真是太狡猾了！”而她连签名都不肯写。我一个劲儿地哭着央求她。

每年举行毕业典礼这天，请老师们签名已是公认的惯例。也有的老师会适当准备一些寄语写给学生们。总之，她明明知道是要给我们签名留言的，却为何逃匿了呢？终于，她接过我的钢笔，写了一句：“祝你幸福！”这是再朴实不过的语言了，而且和其他老师比是最简短的一句，字体小而娟秀。

她在其他学生的留言本上也都写了“祝你幸福”。

“老师，幸福是什么？”有人开玩笑地问她。她用不同寻常的犀利目光盯着那人说：“这种事情，问你自己吧！”那人又反问道：“那么，老师您祝我得到什么样的幸福呢？”“幸福有很多种，我不想一一说明。”她答道。“我想和老师一样幸福。”那人咕哝了一句。我很是吃惊，但她却云淡风轻地笑着说：“是吗？你这样想也不错哦！”

从毕业典礼回家的路上，东海道两旁老松树的松针在春日阳光下闪耀着银光，桃树的花蕾开始绽放了。“祝你幸福！”我默念着这句话。果然，作为离别赠言是最合适的，没有比它更贴切的了。

然而，我和她还没有分别。保守了三年的秘密如今终于可以大方地向她告白了，也可以讲给朋友听了。我已在心里想好了写信时如何遣词用句，默默地念了好几遍了。我被某种热血沸腾的东西追赶着，不由得加快了脚步，一回到家就着了魔似的奋笔疾书。三年来，我是何等热切地期盼着这一天！然而，当我将信投进信箱的一刹那却后悔了。拿是拿不回来了。我打破了这个美梦，开启了一段悲剧。

从那以后，进出家门我都刻意避开邮筒那条路，绕得远远的。事已至此，我只能以更加热烈的语言再次写信追悔之前的行为。于是，我写了第二封信。仍然没有回音。虽然也预料到了，但仍怀疑她是不是没有收到。第三封信，我投进了她宿舍附近的邮筒。第四封信是我自己拿去邮局的。但都如石沉大海，杳无音信。

学校放春假了。已经毕业的我想象着女校还有些什么安排，自己做了一份日程表。她回老家探亲了吧？没有从学校辞职吧？我觉得她似乎已经不在这个城镇了，不由得坐立难安。四月一日，地方报纸会公布县里教师岗位变动的信息。我等啊等，等到了那一天，却发现她并没有离职，离职的是地理老师。因为他是我们镇上资历很老的教师，所以连出发的火车班次的时间都登载上去了。应该会有很多人去送他吧。她肯定也会去的。我刚给她寄了信，尚无音信，此时见面很是尴尬。所以我也不便去为地理老师送行了。

然而到了那天，我还是去了车站。我看到了她的身影，但她并没有注意到我。因为害怕被她看到，我躲在人群中。她很快就和老师们一起回去了。我呆呆地目送她的背影远去，而她完全没有察觉到。和我在学校时一模一样。车站和城镇中心之间有一块残留的农田，她摘了一朵紫云英花，随即又丢进小河里。小花随着河水漂到了我的身边，我想捡起来，但又打消了这个念头。小河里增多的水量大概是富士山融化的雪水吧。

一回到家，我就写了第五封信，但这次我并不期待她的回信，仅仅是想向她传达我的心意而已。足足三年，我一直忍着，现在回忆起来，想说的话写也写不完。

第八封信我拜托表妹直接交给她。虽然很大胆，但哪怕只有这一次，我很想确认信确实交到她的手上了。正在读二年级的表妹意外爽快地接了这个差事。到了那天，我一想到她在学校里，而我的信就躺在她的口袋里，就提心吊胆，战战兢兢。直到现在，我还觉得自己仿佛仍在学校，马上要被她叫到办公室接受训导似的。表妹从学校回来时，顺道来了我家，说信已经交给她了。

“菊井老师收下了吗？”我极力装出若无其事的样子问道。“嗯。”表妹点点头。“她说什么没有？”“什么也没说，就收下了。”“她当时是什么表情？”“什么表情？很美的表情呗！”“很美的表情？”我重复了一句，心中浮现出她的身影。现在正值五月，她该是如何的姣美如花啊。我牵着表妹的手向海边走去。

然而，这封信仍渺无回音。我被彻底摧毁了。她果真是遥远世界的人吗？我挺直腰板坐着，一边默默祈祷，一边往大花瓶里插着蔷薇。我下定决心不再写信给她。又向母亲提出来要去读女子大学。

五月末的一天，翻开日记本，我惊讶地发现自从不给她写信了之后，我的日记本竟然一片空白。眼泪啪嗒啪嗒地滴落在白纸上，我怔怔地看着，心想，如果泪水能多浸透几页白纸就好了，就让它将那些不堪回首的日子全部冲刷干净吧！

“莫怨恨，莫怨恨。”我对自己说。她虽然什么也没有给过我，但实际上给予了我许多许多，这点毋庸置疑。我的整个少女时代都奉献给了她，自己也因为她而焕然新生。她只是我永远无法靠近的恩师。如果我不能变得更加美丽，不能成长为更好的自己，就不配得到她的那句赠言。

“你和宫子好像啊。”她对我表妹说。当表妹告诉我这件事时，我又高兴得忘乎所以了。她还记得我，能认出我来。作为感谢，我央求父亲，想把那日插蔷薇花的中国辰砂花瓶送给她，但父亲没答应。如果再拜托别人帮忙送给她又显得太过刻意了。于是，我自己编织了一块桌旗，托表妹捎给她。因为是装在纸袋里，表妹说太显眼了，两次都错失机会，没能送出去。我又包得小了一点儿邮寄了出去。然而，她连一封“收到了”的卡片都没有写给我。

五年级学生从东京出发去日光旅行时，我因为有认识的学生，又想着可能会见到她，所以也去了车站送行。结果并没有见到她。但是，在家政课的义卖会上肯定少不了她。于是，我邀请了母亲一起去。直到快要回家，坐在食堂稍事休息时，才在上楼的人群中隐约发现了她的身影。“母亲，菊井老师，那是菊井老师！”我激动地站了起来。“是吗？在哪里？”母亲朝人群望过去，但已不见她的踪影。“应该去和老师打个招呼吧。”母亲说道。“她穿着灰色的西装！”我充满喜悦地高喊一声，便冲上了楼梯。

她正在那里一个人欣赏手工艺品。我的心狂跳不止。母亲走近她，鞠了个躬。她朝我莞尔一笑，露出略显害羞的神情。我低下头，感到一阵眩晕，下意识地抓住身边一个陌生人的肩膀，差点儿摔倒在地。她朝我这边走了几步，说道：“宫子你躲那么快干吗？来，给我看看，是不是又变漂亮了？”我急忙摇头。啊，她莫非已经了解了我从在学校时一直以来对她的态度？“我们一起回去吧！”她对我母亲温柔地说。

她和母亲一起走在种满行道树的马路一侧，你一句我一句地聊着客套话。我被母亲的身体遮挡着，看不清楚她的样子。我一路沉默着，她对我也视若无睹。

“宫子有个哥哥吧？出去了吗？”她突然问了一句。“唉，整天都是孩子孩子，真的很烦啊。”母亲回答道。“也不是的。如果你想问问她在学校的表现的话，我会说什么呢？”说着，她看向我这边，“是个容易激动的姑娘吧。老师深受她‘虐待’呢。”我立刻眼前发黑，呼吸急促起来。她随即爽朗地笑了：“开玩笑的啦，没有这回事哦！”但我却觉得这样并排走着实在太痛苦了。

接着，我冷静了下来，似乎明白了她的弦外之音。她是在埋怨我，还是在有意无意地提醒母亲注意我的行为？抑或是半开玩笑地回应我对她的爱？我想，无论哪种都是她对我那些信的回复吧。“她真的太任性了，给老师您添麻烦了！”母亲对此全然不知，继续说些没头没脑的客套话。“没有啦。我上学的时候和宫子一样直率呢！”她客气道。我感觉自己浑身洋溢着令人炫目的幸福。

走了一段之后，她拐上了一条岔路。母亲边目送她远去边说道：“大概因为是老师，穿着很朴素呢。不过人年轻，穿得朴素也还是显得很优雅呢。不管穿再朴素的西服，她那张脸还是一样的明媚，颜值可不输给衣服啊。”我告诉母亲，她连西服都是自己做的，母亲很是惊讶。“她的绝大多数外套、毛衫都是自己亲手缝制的。不知道她哪有时间做这些东西。”我至今仍感到不可思议。“做得真漂亮啊！”母亲应和道，“老师聊到了宫子出嫁的事，不知她自己为何尚未婚嫁呢？”“不知道。”我没好气地回答。我们目送了她走出好远，结果她却连头也没回一下，什么人啊！

和她并肩走在义卖会的归途上，是第一次，也是最后一次。除去课堂上不说，她对我说的那些话也是仅有的一次。

母校的学生们去富士山麓远足那天，我心有所盼地走到田间小路上，但没有遇见她。暑假的一天，我听说她回老家了，便跑去学校玩。她新就任那天驻足眺望天空的走廊窗玻璃已经脏了。假期期间，听说她还是从学校离职了。我心里像干涸的小河般空空如也，偶尔邂逅读书时的朋友，会突然有种陌生感。我对母校的留恋一丝也不存在了。秋季运动会也不想去观看。我第一次感觉自己真的从女校毕业了。也不想去海边泡海水浴，只想待在家里，听妈妈的吩咐，帮她做家务。

我想早点儿成为大人。多少个夜晚，我从睡梦中醒来，望着窗外的月亮发呆。

我想起她讲过，《竹取物语》里的老爷爷和老奶奶看到月亮便会哭泣，但我没有哭泣。每当忆起她美丽的身影，心中苦闷时，我便坐在镜子前，寻找自己身上的美。我想变得比她更美，有时会将发梢绕在手指上，凝视着镜中的自己。我以前从来没有这样过。

秋季入学时，她来学校道别。送别那天早晨的火车特别早。我犹豫着到底是去还是不去。但是错过了这次机会，这辈子可能就再也见不到她了。她还是一如既往的美丽。我居然曾经想过要变得比她更美，真是不知天高地厚啊。我的心已经完完全全地为她所征服，哪怕只是看看她的身影，我就已重新焕发了生命！

她穿着白色蕾丝点缀的淡蓝色连衣裙。肌肤胜雪，施了淡妆。车站里的乡下人都看呆了，互相猜测着：“那个人是老师吧。”

火车开动，经过我面前时，我小声喊着“老师！”鞠了一躬。她略微颔首，认出了我，便一直凝视着我。这是无论谁，说什么都改变不了的事实。在分别的最后时刻，她才第一次明明白白地注视我，在学生们的呼唤声中，她的身影渐行渐远。蒙神恩惠，我站的位置可以看到最远，直至车窗消失在视线中。最终送她离开的人，是我。她挥着手，直至完全看不见了。看着她优雅地挥动着手臂，我回想起三年级时她教给我们的舞蹈动作。

火车消失在山边，天空布满朝霞。我仿佛看到她在朝霞中注视着我，朝我挥手致意。初秋的早晨，微风轻拂。从那以后，我往她的家乡寄过许多封信，依然如石沉大海，杳无回音。然而，是她让我的少女时代充满了梦想，是她浇灌和培育了我这株幼苗。再回想起她时，我已不会心痛。

此刻的我，已心如止水。

» 温泉旅馆

夏 逝

一

她们就像动物一样，赤裸着白花花的身子爬来爬去。

裸体圆润而笨拙，膝盖着地，在灰蒙蒙的热气中爬着，像极了滑溜溜、黏糊糊的动物。唯有健实的肩部肌肉不停地颤动着，像是在田间劳作。而那黑发的色泽所折射出的人性又宛若高贵、悲戚的水滴，是那样的光鲜。

阿泷扔下刷子，翻身上马般跃过高高的窗户，一下子跨在水沟上，蹲了下来。水流声将她的声音压低了许多。

“已经是秋天了呢。”

“真的呢。秋风渐起了。入秋后，避暑地也会冷清起来，像船只全部出海了的港口一样。”浴场里传来了阿雪的声音。那声音无比娇媚，活像城市里挽着恋人手臂的小女子。

“臭美吧，小鬼！”阿芳用刷子敲了敲阿雪的腰，说道：“东京人从八月初就喊着入秋了，入秋了。他们以为山里整年刮秋风呢。”

“阿芳，我要是那位小姐，我会说得更好听。入秋后，避暑地也会冷清起来，就像没人要的老处女一样。对吧！”

“拜托，别看我现在这样，我当年曾经风风光光地出嫁过三次呢。像你们这么大的时候，我可是正经八百有当家的呢。”

“那又如何？入秋后，避暑地也会冷清起来，就像三次嫁人又三次离婚的女人一样。这么说可以吗？”阿雪边说边向河滩跑去。

阿泷伸了伸懒腰，依然跨在水沟上，眺望着城里人眼中的“秋天”，但眼前浮现出的却只有故乡月色中的山峦。即使进了城，她也从未想起过温泉乡这条溪谷的水声。月光透过栎树叶洒在她紧实的肚皮上，看起来就像斑马一样。她已经五个月没有休息了。

阿芳从窗户里探出头来。

“阿泷，你那臭毛病又犯了，这河水是用来清洗餐具的呀。”

“洗什么餐具呀！”

“下游还有香鱼的鱼塘，还得淘米不是？”

“会顺着水流冲走的呀。”

“你这个臭女人。”

可阿泷头也不回地抓住小姑娘的手腕问道：“小雪，你会游泳吗？”

说着便穿过了河滩上的小桥。雪子赤身裸体，害羞地抱紧了自己的身体。阿泷见状，猛地敲了一下她的头。

“喂！”

“我脚疼啊，人家还光着脚呢。”

不用问，浴场里都在说她们二人的坏话。她俩的头发又粗又密，十分引人注目，打湿后更是乌黑发亮，惹得其他女人平日里认为她俩天生就充满了情欲，况且两人整个夏天都是同床共枕。今天晚上还能拿到八月份分配的工钱。

“她俩肯定向账房虚报了客人给的小费，真是活该，这会儿她们肯定偷偷地去说这个事情了。”

“还说对平分小费不服气。”

实际上，她们七人心里各有各的小九九，都对“平均分配”这个所谓的正经做法感到十分恼火。就连自己都认可自己所得最少的农村姑娘阿时也……是啊，正是因为这个短处，她才特意从澡池中抬起头来说道：“她俩出身不一样嘛。一个是肉店的女仆，一个是艺伎馆的保姆，干点儿歪门邪道的事情也实属正常呀！”

阿泷像抱起一捆蔬菜似的抱起阿雪，走过了桥对面的踏脚石。这座桥通向溪流中的一座小岛，岛上建起了水榭，构成旅馆的庭院。月光洒在周围的深水面上，斑驳而凌乱，似一群溺水的银色候鸟。岩石的冷白色与对岸杉树林里秋虫的鸣叫声融为了一体，让赤身裸体的她有一种紧迫而令人窒息的感觉。

远处传来了将水桶放在水泥地上的声音，浴池好像已经打扫完了。阿泷在水榭的柱子旁发现了一些烟花。阿雪从百日红的树枝上取下客人的游泳衣，穿了进去。

“瞧，都到膝盖了呢！”

“这是男士的游泳衣嘛！”

其他女人穿着睡衣从桥上走了过来。这要在平时，她们早睡得死死的了。但今晚，就连平时每天晚上由两人轮流打扫的浴场，都有七个人抢着干。手里有钱了的她们就像在欲望庆典的前夜一样，嘲笑穿着肥大游泳衣、梳着桃瓣形发髻的阿雪，回想着夏天时男客的各种承诺，感到饿极了的时候，又恶毒地数落起客人的种种不是。

这时，阿泷开口了："阿时、阿谷，明天就是你们最后一天上班了，放烟花为你们送行吧。"

可烟花都被打湿了。

"小雪，秋天啊，就像这潮湿的烟花。"说着，阿泷再次尝试去划火柴，划了足足有十五六根时，突然"砰"的一声，火团蹿过了满是嫩叶的樱花树梢。

她们齐声喊叫着抬头望去。只见晾台上悬吊着一个穿游泳衣的男人。这家旅馆建在溪流沿岸的斜坡上，前面的正门是水平的，后面的晾台却矮得可以跳上去。那个悬吊着的男人好不容易才将不停晃荡的双脚盘在圆木柱上，笨拙地努力往上爬。

"啊，是鹤屋嘛！"

"他病到如此地步，好可怕啊。"

她们大声地笑着，阿芳摆手示意她们压低声音。

"我早把走廊的门锁了，所以他绕到后面去了。"

那男人发疯似的拉扯挡雨板，不一会儿就拆下来了。只听"扑通"一声，他双手举着挡雨板跌进了女佣屋里。窗内一片漆黑。阿芳突然扭头朝小桥跑去，大家也都慌慌张张地站起来。阿雪正在脱游泳衣，阿泷一把搂住她的肩膀坐下来，说道："管他呢，大家都担心自己的钱包呢。"

"还有烟花呢！"

从溪流上游妓馆来的两个女人，摇晃着身子翻过岩石，想在旅馆的浴场里偷偷洗个澡。后面还跟着几个男人。阿泷推开坐在她膝盖上的阿雪，站了起来。

“畜生！看我怎么收拾那个女人！”

阿泷家的院子里有一片大波斯菊花圃，外面用竹子扎起了篱笆，养着鸡。长长的花茎横七竖八地倒在那里，沾满了泥土。这是一座独立的院子，位于村里的墓山到山谷的梯田中间。因此，院子里光照充足，凉风飒飒。院子后面是盖过茅屋顶的竹林，像一群不停游动的小沙丁鱼一样随风摇曳，但阿泷与母亲却未曾听见过那竹叶摩擦发出的沙沙声。

打十三四岁起，阿泷就骑着无鞍马跑来跑去。当她背着满满一筐绿油油的新鲜山蓊菜，从山上飞驰而下时，犹如一股绿色的晨风朝气蓬勃。

长到十五六岁时，她便会在正月与夏季旅馆缺女佣的两个月里过去帮忙。只要她赤裸着身体出现在浴场，泡在温泉里的男客们的说话声就会戛然而止。她那纤长的手脚，看上去像妙龄少女一样，如白铁般纯洁而强健。

阿泷的腹部与母亲的腹部，呈现出两个女人的种种……母亲邋里邋遢，倒头就能睡着。女儿坐在她面前，安静地盯着她那松弛的堆满了脂肪的肚皮。突然，“噗”的一声，母亲吐了一口唾沫，很快又入睡了。在父亲抛弃她们之后，母亲的肚子就像一幅画面，一下子印在了阿泷的脑子里。

她的父亲在本村的一条大街上，和小老婆住在一起。有一次，她在路上和父亲相遇，父亲问道："你母亲怎么样了？"

"睡得好着呢。"她回答完便赶忙离开了。

自十六岁起，阿泷便赶着马，带着母亲，干起了农活。她把水引进田里，马上就要插秧的时候，母亲终于把横木上只剩几根齿的犁耙套在了马身上，让马拉犁。

阿泷在田埂上看着，突然跳进水田里，猛地扇了母亲一个耳光："笨蛋！犁都浮着呢，犁！"

母亲握着犁把子，踉跄着继续往前走。

阿泷用胳膊肘一下子把母亲顶到一边，夺过犁把子，说道："给我好好看着！"

妈妈单膝跪倒在泥田里，抬眼望着自己的女儿，对旁边田里的人说道："我又有了一个可怕的男人，还不如前那个温柔呢！"说着，像大姑娘一样，双颊泛起了红晕。

晚上睡觉时，阿泷背对着母亲，而母亲则面向她后背躺着。

从田里回来时，女儿骑坐在无鞍马上，母亲扛着锄头和铁锹，一路小跑地跟在后面。洗衣做饭都是母亲的事情。在女儿日复一日的随意使唤中，母亲渐渐忘却了自己男人的事，心更加频繁地乱跳。她只要想起男人的事情，发一会儿呆，就会招来女儿的殴打。只要一哭丧脸，女儿便离家外出。而她准会紧追出去。"等一下，阿泷！你穿着那样破不拉儿的草鞋出去太不像话了呀！"

之后，她开始辛苦劳作了。眼神变得像猫咪一样温柔，女儿的双眸也灵动起来，像黝黑的豉豆虫一样炯炯有神。

穿着和服出席旅馆的宴会时，阿泷的身材已经高大到足以一把按住客人的胸，但她的明眸善睐却让客人们魂牵梦萦。

阿泷十六岁那年年底，旅馆里发生了一件事情。当时，阿泷正一个人洗刷着浴池，妓馆的几个女人带着三个醉醺醺的客人，从后门走了进来。

“阿泷？让我们泡个澡吧！哎哟，没多少水嘛！”

“都在热水区呢！”阿泷说着，握着刷子躲到了浴场的角落里，看起来有些拘谨。

浴场就是地板下面的石洞。整个石洞用木板隔成了三个区域，第一个区域溢出的温泉水流进第二个区域。以此类推，水温渐渐降低。

妓馆的女人们一边在温泉中洗去厚重的脂粉，一边高声谈论着阿泷的身体。男人们折服于少女那鲜嫩的裸体之美，一时间都词穷了。女人们则露骨地争论着阿泷的身体究竟有没有保持着贞洁。阿泷赤裸裸地感受到了正在品味这些话的男人们的眼神。女人们在男人后面半蹲半坐着，给他们搓背。

其中一个女人说道：“阿泷，这里有个空位，你要不要来给客人搓一下？”

阿泷仿佛使劲儿吞下了一块硬物般，慌忙起身，在那个男人背后跪了下来。他们看上去像山那边银矿上的矿工头。抚摸着那散发着矿石气味的壮实肩膀，阿泷的手不由得颤抖起来。她紧紧并拢着膝盖，可还是觉得一股寒气从脖颈直窜到全身，于是急忙泡进了温泉里。

那两个娼妓瞧不起外行，以心术不正为本事，不断地对阿泷恶语相向。阿泷一动不动地瞪大了双眼，眸间闪烁着聪慧的光芒。

一个男人边穿棉袍，边轻轻地拍了拍阿泷的肩，问道："姑娘，上我这儿来玩吗？"

"嗯。"她话音刚落，便立刻被那人搂了过去。

河滩之上的夜空雪云笼罩，寒风萧瑟。阿泷只穿了一件法兰绒睡衣，泡完澡出来，赤裸的脚都被冻僵了。她啪嗒啪嗒地走在路上，脚仿佛被冻在了岩石上，阵阵刺骨的寒气从脚底传来，腿也不听使唤了。每当这时，她便会满腹怒气地喊："畜生、畜生！"对岸杉山上的雪，像雾一般飘落下来。

起初，阿泷把脸埋在掌心中，后来就将右手拇指放进嘴里用力地咬。

起身时，她一看自己的手，鲜血正顺着带有牙印的伤口流出来。

她迅速将右手揣进怀里，摇摇晃晃地站了起来。真想一把拉开旁边隔间的隔扇。她知道隔扇后面，那三个女人正和客人忙活着呢。只是将手放在隔扇上，心中便又骂起了"畜生、畜生！"她看都没看那个男人的脸，便出了妓馆后门，朝着山谷中的小路走去。

还没走上百十米，就听见两个男人的脚步声从后面一溜烟儿地追了上来，后面还有女人尖厉的叫骂声。她胜利了。就像摔倒了一样伏在河边，咕嘟咕嘟地大口喝着冷水。她瞟了一眼赤脚追来的男人们呼出的白气，又低头喝起水来。

当晚回到家后，她像粗野的男人一样紧紧地抱着母亲入眠了。

又过了三四个月，已是春天了。一天夜里，阿泷从足有她两倍身高的悬崖边跳到街道上，扭伤了脚踝。住进镇医院的第二天，她流产了。在医院只住了十天，就回到了村里。回去时，父亲已经在家里了。她把母亲踢倒在地，和父亲扭打在一起。

“无耻！趁着女儿不在，干出如此龌龊之事，谁会待在这样的家里！”那天，她乘坐公共汽车回到镇上，在肉铺做了女佣。

这年夏天，七月底的时候，肉铺较为清闲，她又回到了村里，来旅馆帮忙。对于两年前发生的那件事情，阿泷至今仍耿耿于怀，真想去嘲弄妓馆那些女人一番。

为了及时排出热气，无论春夏秋冬，浴场的后门与窗户都彻夜大开着。

于是，妓馆的女人们就常常带着客人，沿着山谷中的溪流，悄悄地潜入温泉旅馆的室内浴池中。两年前的冬天如此，现在亦是如此。但在阿泷看来，却又不尽相同，如冬天的赤裸与夏天的赤裸一般。

“怎么了？还攥着那潮湿的烟花呢？”走在板桥上，阿泷对阿雪说道。

“咱俩去温泉泡澡去，挫挫那帮家伙的锐气。就那种女人，和我们小雪相比，简直就是一个天上一个地下嘛！真的，小雪。要是给那帮男人看见你这姣美的脸蛋儿，他们可要哭喽。”

“影响生意就不好了。”

“唉，真不愧是艺伎馆女佣出身。难道男人的游泳衣和这个还不一样吗？不过，我自己去就足够了。你要不要先回去睡觉？”

“鹤屋还在房间里呢。”

鹤屋是这一带批发女佣小百货的店主，每月月中和月底都会过来讨两次账。他剃光了头发和络腮胡，脸上光溜溜的，泛着青色，更加显得胖乎乎的。一旦喝醉，他就会发疯似的拿筷子敲碟子打碗，大闹一通，然后再睡上两三个小时。醒来后，必定费尽千辛万苦爬上晾台，这早已成为惯例。总之，不翻进女佣的房间就睡不着。完全是不折不扣地硬闯。如此公开大胆的行为，十年来从未改变过，简直是每月两次的搞笑行为。

然而，阿雪还是个涉世未深的小姑娘。

“都醉成那样了，进屋就睡着了。”哪怕阿泷这么说，阿雪还是不放心。

“算了，我还是到河边温泉里等你吧。”

溪流岸边还有一家白木结构的简易浴场，就像火警值班室一样，她们称之为“河边温泉”。

“在河边简直冻透了！”阿泷从室内浴池的后门咚咚咚地跑下台阶，“扑通”一下子泡进温泉里，溅起一片水花。妓馆的女人们连忙躲闪开来。

“晚上好。”

“晚上好。”

阿泷将身子没入水中，暖暖的温泉水便哗哗地溢了出来。

“我们在借用你们的温泉呢。”

“是吗？还以为是我们的客人呢。”

两位客人都是学生模样。当阿泷大着胆子站在他俩面前时，他俩简直如沐春风。两人从浴池出来，坐在边上，低下了头。

“先打声招呼再来就好啦，我们以为你们已经打烊了。”

“没事，我也想跟阿笑借点儿东西呢。”

和阿泷打招呼的是阿清，外号黄瓜。她长得瘦如黄瓜，脊背微驼，脸色苍白，常年卧病在床，但特别喜欢孩子。所以，她有时会帮附近的人带孩子，有时会在公共澡堂帮三四个幼儿洗澡。似乎只有逗弄孩子才是她的乐趣所在。妓馆与村里有个约定，不得拉本村的男客，但只有阿清一人严格遵守着。当然了，她是个外乡人。但她想，既然在这个村里把身体折腾坏了，干脆就死在这里吧。因此，每当她卧病在床时，脑子里就会描绘出一幅景象：她疼爱过的孩子们排着长队，跟随在她的灵柩后面，为她送殡……

因此，她身上就像有一股冬日的微弱阳光，哪怕是阿泷见到她也会马上被感染，总要和她聊上几句家常。

另一个女人却连看都不看阿泷一眼，只道了声“晚上好”，就像睡着了似的缄默不语了。她的睫毛又浓又密，像要把眼睛盖住似的。桃瓣形的发髻斜垂下来，如抹过油一般光滑亮丽。白皙的扁平脸上露出一副蒙眬的睡相……在这张睡眼惺忪的脸上，镶嵌着蓓蕾般的芳唇和纤长的睫毛，像是另一种鲜活的生命体。眉毛未经修剪，自然而蓬乱。无论耳朵、脖颈还是手指，只要你看一眼，就会觉得牙齿痒痒，想咬上一口。这种柔美使阿泷马上意识到她应该就是阿笑。

在村里的十多个风俗小饭馆女招待中，只有阿笑特别有伤风化。当地派出所的警察曾多次勒令她离开村子，因为她频繁地与村议会议员的儿子等人交往。真是天生的低俗女招待，太风骚了。

即使被阿泷目光灼灼地盯着，阿笑依然能若无其事地从浴池里爬上来，坐在边上。她身上还挂着水珠，如一条洁白的蛞蝓般柔若无骨，皮肤光滑圆润，没有一丝瘢痕，像蜗牛一样靠脂肪伸缩爬行。阿泷恨不得在她那白皙的肚皮上踩几脚……在这种雄性荷尔蒙的驱使下，阿泷使劲儿地摁住阿笑的膝盖，说道："毛巾借我一下呗。"

阿笑像蛞蝓一样缩起身子，想要用胸去遮挡小腹，但失去毛巾的遮挡后，却被人看见她洁白的皮肤上有一片小伤疤。

她的耳朵红通通的，仿佛透明一般。接着，从乳房到腹部都渐渐变红了。那血色美得超凡脱俗，阿泷看着她，不由得心生嫉妒，又有种难以抑制的快感。

"毛巾还是不要随便借吧！上面有细菌的。"

过了一会儿，阿泷一边窥视河边的温泉，一边说道："小雪，瀑布那边有两个帅气又腼腆的学生哥呢，要不要去玩儿？"

阿雪从温泉里探出脑袋来，双臂交叉伏在浴池的水泥边缘上，脸颊紧紧地贴着双臂。

"哎哟，睡着了呀。嗯，你好好保重哦。"

阿泷回到旅馆时，天已破晓，朦朦胧胧地可以看见泛白的树干与河滩。阿雪还在河边的浴池里睡着，双臂依然交叉环抱，仿佛紧紧地守护着自己的贞操与道德一样。

四

阿雪对《修身教科书》的封皮又爱又恨，一方面像雏鸡爱惜自己屁股后面的蛋壳一样，另一方面又很憎恶它，将它像蛇蜕一样随意地带在身上。

由于她在城市附近的海边温泉镇做过艺伎馆女佣，同样的桃瓣形发髻，梳在她的头上，连颈后的发际都格外地妩媚动人。雏妓的早熟与海边姑娘的健硕，在这个小姑娘身上融为了一体。她的脸颊像苹果般微微泛红，眼睛又大又圆，在线条分明的双眼皮下轻佻地转动着。让大家都对“村里罕见”这句老话颇感新鲜。

正因为如此，在那个温泉旅馆里，形形色色的男人总会有意无意地向她求爱，而她则半推半就地应付着，更不会像其他的女人们那样，大肆吹嘘此种风流韵事。

因此，有一次一个学生哥对她说走了嘴：“小雪，你小小年纪，却很老成呀。”

阿雪陡然变了脸色：“你是瞧不起我吗？区区一个学生，倒是傲慢得很呢。就因为我曾经在艺伎馆里做过工吗？”说着，她扔下手中的盘子，拉着脸出去了。从那之后，学生哥在旅馆里住了一个多月，她却再也没搭理过他。

比如，她和阿芳一起值班，打扫浴场时，干着干着会故意打盹。待阿芳拿刷子把她敲醒后，她又说：

“我困得看你都三重影了，能不能先去睡啊？人家会给你暖好被窝啦！”

因此，阿雪就像妓女一样深受所有姑娘的照顾，整天一副若无其事的面孔，开朗又快活。

“哇，好漂亮的围裙啊。”有一次，一位女客人看到阿雪后非常吃惊。

不知道她什么时候，从哪里收集了这些五颜六色的碎布头，并将这些碎布头裁成整齐的三角形拼接起来，缝制成了一块漂亮的围裙。

阿雪初来这个旅馆是在夏末，正值旅馆缝制新和式棉袍的时候。待二十件棉袍做好时，她也做好了一件相同花色的男童夹袄，是用新和式棉袍的碎布头拼接缝制而成的，说要送给自己的弟弟。

旅馆的老板娘惊愕之余，夸奖了她一番。

老板听闻此事，说道：“对这人可不能掉以轻心，得提防着点儿。”

阿雪还会收集客人吸剩下的烟蒂，掰掉烟嘴。积少成多之后，就剥出烟叶，包在报纸里，寄给港町的爷爷。

长期以来，旅馆老板娘都会亲手从烟灰缸或小火铲里收集烟蒂，一个个地掰掉烟嘴后，放在大纸箱里存起来。待村里的老人们来时，再拿出来招待他们。老人们把烟叶放入烟袋锅内，边吸边天南海北地聊天。有的老大爷甚至是专门冲着烟蒂而来的。

然而，因为阿雪的关系，旅馆老板娘突然放弃了这个多年的嗜好。

阿雪的母亲是她的继母，原是港町的女招待，每隔五六天就会带着阿雪的弟弟，浓妆艳抹地出现在这家旅馆里，尽力地讨好旅馆的人，再暗地里问阿雪要零花钱。

阿雪的父亲是来此打工的临时搬运工，住在邻村老乡家铺着旧榻榻米的库房里。他们的老家在港町，那是一个渔港，位于从海边温泉镇通向另一个温泉镇的公路的中间段。现在只剩下爷爷一人在家，等着孙女给他寄烟草与腌山葥菜。

公共汽车绕过一个略高的海角后，眼前忽然呈现出一派温暖的景象。花朵盛开的山茶林一直蔓延到海岸，蜜橘山被橙色尽染，中间是一条笔直的道路，向下直通到海湾。港口上整齐地停泊着三四十艘渔船。透过树木的间隙，看到的尽是大屋顶和仓库的白墙。看起来如此物产丰饶的地方，谁能相信还住着阿雪家那样贫穷的家庭呢。而且，这里还是一个不用向镇上纳税的模范村。

阿雪的母亲就是在这个镇上生下了她的弟弟。她产后发烧，命是保住了，人却疯了。白天，父亲和爷爷要外出干活，阿雪便负责看家，她要瞅准母亲发作的间隙，悄悄地把婴儿抱到她的乳房下面吃奶。早晨，父亲出门前会把妈妈的手脚捆住，但阿雪会给母亲松开。就这样，母亲只坚持了四十天便去世了。

那年阿雪十岁，上普通小学三年级，她是背着弟弟上学的。父亲等人的饮食起居等一概由她负责照顾。她捡了一只流浪狗养着，这也是她唯一的奢侈之物。半夜出去要奶时，小狗便忠实地跟在她的身后。

“我不愿意和一个小保姆挨着坐。”坐在阿雪旁边的同学在教室里哭了起来。只要背上的弟弟一哭，阿雪就不得不离开教室。十分钟的课间休息时间，她也要忙着给弟弟换尿布，还得去取奶。

在如此艰难的条件下，阿雪还是以第一名的好成绩升上了四年级，震惊了整个学校。升级仪式上，看到背着弟弟走到校长面前领奖的阿雪，在场的家长们纷纷落泪。当时传言校长曾委托县知事表彰她，这也传到了阿雪的耳朵里。但孩子毕竟是孩子，他们抓住阿雪的弱点，对她大肆奚落。于是，四年级的暑假之后，阿雪便辍学了。

好歹凭一己之力把弟弟抚养到了三岁。继母进门了。但洗衣做饭依然是阿雪的事情。她背着弟弟在田间拔草时，继母会抓住她的头发，在泥田里拖来拖去。这样的情景，附近的人每天都可以看到。

“这里，这里，这里，这里，全是那时留下的伤痕。”在温泉旅馆的浴池中，阿雪曾用手指着自己胳膊和胸口给别人看。就像在展示用裸体勾引男人的技巧一样。虽然现在说起这些事情，她会轻佻地笑起来。

那时，看她实在可怜，温泉镇的伯母就把她带回了家。在小学校长等人的屡次催促下，县政府的表彰通知姗姗来迟。此时，阿雪已经进了镇上的艺伎馆，父亲则去山地打工了。

伯母家一楼是绢花店，二楼则是艺伎馆。

“即使在艺伎馆里，我也只是做做绢花，或者看看孩子而已。”阿雪在温泉旅馆里这么说，但其实，她是按照《修身教科书》里的教导在撒谎。当时她是个见习生，出门要帮艺伎们背三弦琴和替换衣物。

为此，县政府的表彰也就没有下文了。她的脸颊眼看着泛起了红晕，圆溜溜的双眼也不再发愣，而是果断地小跑起来，边跑边嘟哝着。脖颈上那白皙的肌肤充满了欲望，体内也燃起了一团温暖的火焰。

然而，当她意识到自己会被逼接客时，便毫不犹豫地离开了伯母家。这或许是因为，阿雪始终都没有忘记那个“表彰的传闻”吧。

她来到父亲打工的地方，继母突然和以前判若两人，奉承起她来。

“现在不管走到哪儿，我都能混口饭吃，谁还会待在这个倒霉的家里？”

这是阿雪在艺伎馆里牢牢建立起来的自信。尽管她自己没有发觉，但她正眼看继母的每个眼神里都闪现着这种自信，继母被这种眼神击退了。阿雪拥有了新武器，更加有胆量了，也因此开始蔑视人生。这也成了她命运中迈向娼妓的一步。

然而，小姑娘那所谓的“蔑视人生”，终究只是“富贵”的白日梦。她汲汲于进入上流社会，骄傲地认为自己就是“天选之子”。因此越发卖弄小聪明，越来越肤浅、轻佻了。

阿泷对河边温泉中睡得正酣的阿雪说道：“是啊，嗯，你自己要多加珍重啊。”一句“多加珍重”，为她标上了令人满意的身价，也看得出说话人对她的重视和珍惜。这“身价”与《修身教科书》合二为一的危险性，正是她令人嫉妒的魅力所在。

继母来旅馆说恭维话时，阿雪也巧妙地应承着。继母去泡温泉时，她蹑手蹑脚地去瞧，然后告诉老板娘：“您可不能轻信那种女人的话啊。她还是打我弟弟，我弟弟身上青一块紫一块的，有五六处呢。”

对于十六岁的阿雪来讲，男客们的甜言蜜语也不过是些青一块紫一块的伤痕。

第二百一十天，天气异常晴朗，可以看见烧炭时袅袅升起的烟。

成群的红蜻蜓在溪流上空飞来飞去。

然而，第二百一十三天时，暴风雨将灯泡的电线刮断了。女人们趁天还亮着，赶紧关上了挡雨板，在房间里随意地躺了下来。

这时，掌柜的穿着防雨斗篷送来了蜡烛。阿泷接过蜡烛，对正在透过挡雨板的小孔往外瞧的阿时说道："阿时，你不用总看外面，下这么大的雨，明知道回不去的。赶紧给二十六号房间送蜡烛去。"

然后，她们一起鼓掌。阿时接过蜡烛，"呼"地吹灭了，原地坐了下来。

她们原本有七个人，九月二日以后，就剩下四个人了，因为只在夏季来帮忙的姑娘们都回家了。旅馆主人的侄女高子，是个近视眼。刚从女校毕业，准备上助产士学校。她十四岁至十七岁期间一直在这家旅馆做女佣。这里离她家很近，旅馆繁忙的时候，总是立即喊她来帮忙。还有阿谷，她熟知旅馆的情况，深受老板娘喜爱，做事踏实，据说已经靠旅馆的收入为自己备齐了嫁妆。另外，还有平民姑娘阿时，她一早跑过来玩，结果赶上一场暴风雨。

雨水将大石块冲走的哐当声回荡在她们枕边。午夜时分，阿时"嘎吱"一声打开女佣房间的木板门，走了出去。走廊里传来了划火柴的声音。

"哇哦，万岁！"阿雪爆发似的大喊一声，从阿芳的肚子上骨碌碌地滚过去，抱住了睡在墙边上的阿绢。

"真不好意思啊，小鬼。大家都是骗子吗？人可真坏啊。"

"我观察力很强吧！是我让阿时睡在门边上的。"阿芳说道。

她的话音刚落，阿雪摇晃着竖起来的腿，继续笑着说道："可她那么天真，连男女之情也不懂，很可怜的。”

“她是本地人嘛！小雪，别说了，不然要影响人家嫁人的。”阿绢严肃地说。

阿泷立刻反驳道：“这不挺好的嘛，又不影响她当百姓。她不要赏钱，光这一点就比你强哦。”

“我，我什么时候要赏钱了？”阿绢摸黑爬过来，抓住了阿泷。

阿泷麻利地将她的双手反拧了过去：“哼！你就是因为那个而迷上他了？还是省省吧，和烫了又放凉的酒一样。”说着把阿绢推倒了。

阿绢曾在东京的艺伎街上当过梳头工。她的口头禅就是，在旅馆挣些钱，就再回艺伎街，去给梳头师傅当徒弟。她把头发盘成艺伎的风格，一旦有客人欣赏她的发髻，她便会开心地吹嘘一番。她皮肤黝黑，身材小巧，遇到从城市来的年轻男客，便想着去席间抢别人的活儿。

今年夏天，有个神经衰弱的学生在这待了足有半个月。她总是待在人家房间里，任凭账房训斥或嘲笑，都不愿离开。

在客人每天都爆满的整个夏天，阿绢和阿时与客人之间也只发生了这两件事。她们两人在女佣中不算漂亮，反而发生了这等事情。

阿时的对象是个江湖画匠，专门奔走于各家旅馆之间，为隔扇作画。阿时这个农村姑娘虽然眼窝较深，且有些迟钝，但在浴场里，她那一身白皙的肌肤却美得别有一番风味。

暴风雨过后的清晨，晾台上全是绿色的落叶。河边温泉的浴池都被沙子埋上了。红土泥水从岩石上蜿蜒流淌下来。河岸上，成群的孩子们排成一列，个个儿手里都拿着网，捕捞那些被急流冲昏了的小鱼儿。一对江湖艺人母子在旁边看热闹。

岩石之间的板桥一块不剩地全塌了。当然，板桥两端都钻了孔，穿了铁丝后系在岸上，所以木板只是冲到了岸边，并没有被冲走。

河里水位下降以后，也不见有人来钓香鱼。她们都聚集在测量技师的房间里游戏作乐。江湖画匠则在没有客人的屋子里画起了隔扇。

这个季节应该是淡季，而村子里却喧闹了起来，不时能听到人们高声说话的声音。

在村里最好的温泉旅馆中当女佣的农村姑娘们集体请了假。村里人都跑到排行第二的温泉旅馆，也就是阿泷当女佣的旅馆里，八卦起最好的温泉旅馆老板的旧闻，仿佛那些都是新闻一样。

“那家伙不是把人家矿山技师采来的矿石偷换成含金的矿石，被人家告了吗？”

“是啊是啊，最后是怎么判决的？听说技师被炒了，那家伙却拿到了数万日元的定金，还挺合算呢。”

“那种诈骗，他都不知道做过多少次了。就说上次，大臣和大将军猎鹿时，在他那里住了好久。他就请人家赐字。那家伙本身也写得一手好字，所以就模仿着写了一二十张，卖掉了。反正他说是这些人住在他家旅馆时写的，别人还能不信吗？听说可赚了不少呢。在这种深山的温泉旅馆里，这么搞的话，很快就会发起来的。这旅馆就是最好的证明。”

借着酒兴，他们继续高谈阔论：

“要不咱们把他家的温泉给堵了吧！”

“要不咱们现在闯过去，把那家伙拉到河滩上活埋了？”

其实，这条山谷小路将会扩建成公路，最为受益的就是温泉旅馆。尽管如此，村里最好的那家温泉还是断然拒绝了捐份子钱。

那家旅馆里曾经住过十来个警官，每天都拉弓。在他们不厌其烦地拉弓期间，村子里静悄悄的。

走廊上黑黢黢的，阿泷正在关挡雨板，突然“哇”的一声跳了起来。原来她踩到了一片大青桐叶。

不知为什么，她不想回到镇上的肉铺去。

老板娘已有七个月的身孕，但还艰难地打扫厕所。唯独这个工作，她不想让女佣们去干。那身姿莫名地让人感到心酸。

有个赌鬼般的男人逗留在旅馆里，每天都到河流上游去监督一处空房子的修缮。

一伙儿朝鲜施工队员住了进来。

“快去看，快去看，他们把锅碗瓢盆都带来了。”阿绢朝女佣房间跑了过来。

身穿皱巴巴的白裙子，脚蹬布鞋的朝鲜妇女们，背着装有锅碗瓢盆的大包袱，弯腰驼背地走着。

河流下游传来了炸药爆炸的声音。

河流上游那座老旧的空房子变成了漂亮整洁的娼妓馆。最让她们大跌眼镜的是，阿绢竟然去了那里。那个赌鬼般的男人也曾执意邀请她们去他的娼妓馆。一回想起当时对方开出的诱人高价，她们又破口大骂起阿绢来。

深　秋

一

夏天的客人们走后，留下来十四五把扇子，她们都收起来放在了屋子里。

阿雪用双手拿起两把男人用的扇子，“唰”的一声打开来，便学着舞姬跳舞的样子，抿着嘴，一本正经地跳了起来。

“哎呀，真的真的。要不是来了这种地方，阿雪早就是舞姬了呢。”仓吉背靠古色古香的漆木五屉柜坐着，双手环抱着支起的膝盖说道。

“要真是那样，像我这种人，肯定看不到阿雪的舞姿喽！”

“我当不了舞姬，只能哄哄孩子而已。”阿雪拖着唱腔应道。连仓吉也一边紧紧地追随着阿雪的手势，一边和着调子，在裸露的大腿上打起了拍子。阿雪只好合着他那杂乱无章的拍子继续跳，直跳到小腿发热，步伐紊乱。她摇摇晃晃欲转身时，却一下子跌坐在摞得高高的坐垫上，差一点儿就倒在了五屉柜上。

“仓吉，我们就这样闯荡江湖唱‘法界小调’可好？”

“唱什么‘法界小调’啊！”

“那有什么不行的！”说着，阿雪将右手的扇子扔到了仓吉的肩膀上，“人家本来就是为了不当艺伎才逃出来的嘛！”

她的言外之意就是：我才看不上像你这样的流浪汉呢。哪怕是在侮辱别人时，阿雪那圆溜溜的大眼睛也依然妩媚动人。她用扇子遮住脸，又跳了起来。仓吉冷笑了一声，用阿雪刚才扔过来的扇子敲打着自己的大腿。他的腿又白又嫩，十分丰腴，如四十岁胖女人的腿一般。且嘴唇较厚，脸颊泛红。身材虽然与印着商号的和服短褂极不相称，却让人感到如行动笨拙的野兽一般充满力量。

从三四年前开始，每逢夏冬，温泉浴场最繁忙的时候，仓吉便神不知鬼不觉地回到温泉旅馆里来。之所以说回来，是因为他总会在温泉旅馆最为繁忙的时候出现，因为人手不够，便被安排去帮厨或接送客人。就这样被留了下来。因此，每到这个时节，大家就会自然而然地想起他："今年仓吉该来了吧。"

记得有一次，也是一个忙碌的夏天，旅馆老板的远房亲戚加代姑娘过来帮忙。从入秋的头一天起，空房就多了起来。每天晚上，仓吉都会和加代一起挨个关闭客房的挡雨板。两人还曾在深夜里一起到河边温泉去洗澡。

仓吉因此被温泉旅馆赶走了。即使这样，只要他在新年若无其事地回来，便又会被谁不经意间吩咐去干活了。

到了春天，三个月没有音信的他从镇上的寿司店寄来了一封信。信是写给十六岁的小姑娘阿雪的。在信里，他像天气预报一样，一五一十地告诉阿雪，他被那里的女人传染上病了。

夏天，他又回到了她们的旅馆。那年秋天，他一直跟在阿雪的屁股后面，和她一起去关挡雨板，刷洗浴池，整理客人的床铺，看阿雪表演从艺伎馆学来的舞蹈……

正当阿雪跳舞时，阿泷冲了进来。

“我说阿雪，注意脚底下哦，可别把榻榻米跳坏了。这榻榻米本来就有些破旧了哦。”

“可是，仓吉想呼吸点儿灰尘，感受一下城市的气息嘛。”

“对，对哦，以前就有一个学生哥特别讨厌，让人家打扫房间，他就在那儿直勾勾地盯着人家。让他闪开，他却说偶尔吸点儿灰尘也挺好的。说什么山里的空气太过清新了，扬起点儿灰尘才有城市的感觉。当时，阿雪正好在噌噌噌地擦着地板，这个坏姑娘问得好：‘那你对这桶脏水有啥感觉？’喂，仓吉，你乐呵呵地盯着人家阿雪，是在体验什么感觉呢？”

“这人以为这样就是在奉承人呢。傻瓜！”说着，阿雪把另一只手里的扇子也扔到了仓吉的膝盖上。

“这段时间，他一直在说，阿雪会跳舞吧。说了得有十五遍了。”

“对吧，阿雪，女人要是一开始就被这样的人迷住，真是一生的耻辱啊。让他排到第十五号再说。”

仓吉依然腼腆地笑着，站了起来。

“喂，老板娘说让打扫晾台哪！”

“晾台？”阿雪说着，打开了拉窗。

“哎呀哎呀，好多好多的落叶哪！”

晾台上铺满了泛黄的绿叶。昨晚秋风肆虐来着。

晾台就在她们房间的窗外。

她们的房间里有个大五屉柜，刷着黑漆，雕刻有梧桐花叶状的家徽。铁壶把儿似的拉环早已生起了红锈。这是昔日农民用的家具，现在用来盛放洗好的衣物和客人的浴衣、床单等。十叠大小的房间里，每个角落都堆着客人的被褥和坐垫。她们的包袱则和布头儿、空箱等一起杂乱地塞在壁橱里。破旧的化妆台、空肥皂箱做的梳妆盒、旧三弦琴、破洋伞等放在五屉柜或墙上的搁板上，到处都摆得满满当当，连是谁的都分不清楚。开始缝制冬天的棉袍了，撒满了线头儿和糖纸的旧铺席上，剪刀泛着寒光。

扫完落叶，她们从晾台上跳回了房间里，只见厨师吾八正盘腿而坐，左手拿着纸牌，右手一张张地翻动着。

“还顾得上看那玩意儿啊，都要忙死了。”阿泷边说边坐了下来，捡起了缝衣针。

“不是的啊，我被辞退了。”

“快开张了吗？”

“没有。是我搞砸了，被辞退了。”

“辞退？那就是被赶出来了啦？”

“倒也不是，反正我也干够了……我本来不想说这些事情。喏，就因为这玩意儿！”说着，吾八从围裙里掏出一件东西，扔在铺席上。阿泷捡了起来。

“什么东西？这不是干松鱼尾巴吗？”

“是的。今天早上，我打开行李才发现的。有人用这些干松鱼尾巴换了我的新鲜松鱼。”

“哦哦，这样就可以说吾八偷了干松鱼了。我知道了，是阿芳那个王八蛋！那个婆娘一直就有偷看别人行李的臭毛病。”

“那个阿芳发现我的新鲜松鱼后，就拿到老板娘那去了。据阿芳讲，当时老板娘正在削干松鱼，就给她一些干松鱼，让她去把我那些新鲜的换掉。听到这里，我在这儿怎么也待不下去了。”

“可是，不就只有一条吗？”说着，阿雪从后面把双手搭在吾八的肩上。

“但不管是账房还是阿芳，都没跟我说啊。”

“真是无聊之至。都不说的话，那吾八你也可以假装不知道啊。你这样可不行！”阿雪摇着吾八的肩膀说道。

“你这么软弱，是没法在这个社会上混下去的。”

“说啥呢，你这小毛孩子。吾八你也不能啥也不说呀！”说着，阿泷便走出了房间。阿芳正好在厨房里，阿泷二话不说，径自抓住她的胸口把她从走廊里拖了过来，扔到吾八面前：“给！”吾八还没反应过来是怎么回事，阿泷又将阿芳拖到门口，双手掐住她的脖子，按在洋灰地上，骂道：“你个王八蛋，王八蛋！给我滚出去！”她边骂边用只穿着足袋的脚狠狠地踩阿芳的肚子。阿芳却只是打滚，并没有叫嚷一声。

“喂！”阿泷突然被撞了一下，原来是仓吉。她一个趔趄，差点儿倒在大木屐箱上。

“干什么！原来是你们勾结在一起要抢吾八的饭碗啊！”

阿泷死盯着仓吉的脸，突然骂了一句“王八蛋”，便像要把他吃了似的低头猛扑过去。

二

朝鲜建筑队过来一周后，日本的建筑工人也来了。监工在她们的旅馆中租了一间厢房，住了下来。

两个以前专做镇上大兵生意的女人到隔壁的艺伎馆来了。阿笑也因此被上游的新馆挖了过去，而且身价连升了两级。然而，还没过五天，阿清便又卧床不起了。

阿清病倒的事很快就在村里传开了。从今年夏天开始，她每天都背着艺伎馆的婴儿，牵着一个四岁的小女孩，从山谷去沿街的村里。还没到街道，便有三四个幼儿围到她身边。她领着孩子们，一副鹅蛋脸显得很苍白，头上左右两边的发髻梳得整整齐齐，温婉中透着几分凄凉。也正因如此，遇到的村里人都会先和她打招呼。尽管经常卧病在床，又或许正是因为经常卧病在床，她的发髻总是梳理得连一丝短发都没有。她的话出奇的少，但孩子们都愿意与她亲近。大家都觉得不可思议，她究竟同孩子们说了什么呢？

借孩子们的光，她在生病卧床时也没被赶走，因为艺伎馆的孩子们都对她寸步不离。但是，长年的生活习惯导致男人们一涌进来，她便现出一副媚态，怎么都无法心静。

“我可能会在道路竣工之前就死了吧！”她常常这样想，看上去却又像期待节日到来的马戏团小姑娘一样朝气蓬勃。同时，她又会习惯性地幻想着自己的葬礼。她疼爱过的孩子们在她的灵柩后面排着长长的队伍，一直跟到山上的墓地……

仿佛已完全在这山间温泉旅馆“定居”的阿清，与上游新旅馆里的老板，多少形成了绝妙的对比。他从一个建筑工地到另一个建筑工地，所到之处均会做起女人行当。在温泉旅馆的客人们还穿着单衣时，他便穿起了棉袍。

村里的姑娘们看到他都会绕道而行，就像看到以前的“人贩子”一样。

然而，建筑工人们却只能透过庭院的树木窥视温泉旅馆的二楼。对于他们来说，这里太高档、太昂贵了。

江湖画师画完隔扇后，便乘坐马车翻过山头走了。似乎是瞒着阿时离开的。他笑着对前来马车旅店为他送行的阿泷一行说：“麻烦你们转告阿时，要是想见我，就把隔扇都捅破吧。”

回到旅馆后，大家就似乎将江湖画师和阿时的事忘到九霄云外去了。她们安安稳稳地窝在房间里缝制冬天穿的棉袍。此时正值没有客人的淡季。她们将客人们扔在房间里的旧杂志收集来，但谁也不去翻看。只是天马行空地遐想着故乡啊、结婚啊之类的事情，从周六想到周日，直到观赏红叶的旅游团来到这里，她们才发现山里已经披上了秋色。

吾八走后四天，她们便不再议论他的事了。

村里的鱼铺老板娘也曾专程为吾八的事来道过一次歉。

“我也没、没说什么赶他走的话……”老板娘语无伦次地说，“但那个人太散漫了，就算我们忙得不可开交，他也能稳坐在客人的房间里聊个没完，着急的时候从来都找不到他。虽说这么多年了，彼此之间也没什么可见外的，他也是个好人……”

确实，吾八已经在这家旅馆待了八年了，如今已年近五旬。前半生靠着一把菜刀走遍了各个海滨城镇。其间曾经切掉过左手中指的指甲，好像还娶过两三次老婆。之所以说好像，是因为这个温泉浴场让他忘却了过往。在这里，他不再提起自己的过去。倒也不是刻意隐瞒，只是早已没了回忆过去的兴致。

当他还是一名港口流浪汉时，自然免不了舞刀弄棒。但来到山里之后，他娶了一个带孩子的女人，对孩子也甚是疼爱。因此便顺理成章地认为自己要在这块土地上度过余生，便决意安定下来。

阿清喜欢幻想自己的葬礼，吾八则梦想着开一家小料理店。但他既学艺不精又意志薄弱，能在去世之前实现就不错了。他是如此安于待在这家旅馆，要么优哉游哉地挖挖山芋、钓钓鱼，要么溜达着回到邻村自己家里，一副开开心心的退休伙计的样子。当年那股子厉害劲儿，如今也就只体现在全旅馆起得最早这件事上了。

他一年到头穿白布汗衫，配上印着商号的和服短褂，再搭上一条短裤衩。在他的生活中，无须更加整洁的衣物。他的身材高大威武，依旧留存着年轻时期在军队生活的痕迹，皮肤黑红，像一个用柿漆纸糊成的大纸人。晚上喝上二两，便会到熟悉的客人房里聊天，却总是聊不到十分钟便打起盹来。

所以，他才因为一条干松鱼而待不下去了。

在铺着地板的宽敞厨房里，仓吉勤快地忙碌着。说起来，他和吾八一样，也有一双劳动人民的粗壮大手。姑娘们都瞧不起仓吉，疏远他，但也只是暂时的，最终还是都跟在他身后，希望能吃上点儿碎生鱼片之类的食物。

早上，旅游团客人走后，她们就将餐盘里剩下的生鸡蛋藏到客房的壁橱里。再趁打扫走廊的机会，用客房里的铁壶煮熟。

而且，对长期住店的客人产生好感后，她们会将客人餐盘里剩下的食物放到自己的餐盘里吃。但这仅限于“他”的餐盘。对于女性客人餐盘里的食物，她们连看都不看一眼，或许是本能使然吧。

“都知道他也没什么病，不脏的。”她们中的一个人边对大家说着，边动起筷子来。

这也许是女性特征的体现，也是她们始终保持着家庭意识的一种体现吧。但是，同一个男人的剩饭，只会由她们当中的同一个人一直食用。不知从何时起，这已成为她们之间不成文的规矩。这是她们的秘密，绝不会透露给客人。在餐盘上也能水性杨花的，当数阿绢，阿绢去了上游的旅馆之后，便数阿雪了。

然而，首先向监工的餐盘伸手的竟然是很少吃男人剩饭的阿泷。这在她们中间就相当于一种无言的告白：我愿意成为他的女人。

早上打扫庭院时，她们很自然地感受到了秋天的凉意。小巧玲珑的阿雪拿着长长的竹扫帚，那模样看起来天真烂漫，让人莫名地觉得像一位千金小姐。

听到朝鲜女人的声音，阿雪拖着扫帚就跑了过去，那扫帚仿佛成了她的装饰。她们在温泉旅馆门前租了一间空房子，合住在一起。那是一间农舍，没有隔扇，也没有拉窗。温泉旅馆打扫庭院的时候，住在农舍的朝鲜女人们也正好蹲在井边，拖着鼓起的白裙，洗刷早餐的餐具。眺望着这番景象的阿雪猛地回过头来，正好透过古松的间隙看到旅馆厢房的正门，她吧嗒一下将扫帚放倒在古松上，飞快地闪开了。

原来，阿泷正蹲在厢房门前，给监工缠黄色的绑腿带。监工就坐在正门，而阿泷那白皙的脖颈和桃瓣形发髻正贴着他的膝盖，像被人遗失的物品一样，透着丝丝凄凉。

“阿泷她……”

阿雪也说不清楚阿泷到底怎么了，只说了一句“那个……阿泷她……”便感觉脸颊发凉，拔腿向后院走去。

阿雪将双肘支在小桥的栏杆上，一只脚随意地晃动着。早晨的阳光穿透了浅浅的溪流，直射进河底。阿雪不禁潸然泪下，胸中涌起一股对阿泷难以名状的爱怜。

她们的被褥，盖的和铺的都一样冷硬，没什么区别。

阿泷一边从壁橱往外拽着脏乎乎的被子，一边冷不丁地说道：“我今天又去看炸山了。炸药一下子就把岩石炸崩了。那种感觉，简直太带劲儿了！”

阿雪噗地笑出声来，抱着硬邦邦的被子倒了下去：“你是不闻那火药的味道就睡不着觉了吧？”

她边说边用双手捂住脸，趴在被子上发疯似的笑得停不下来。

“喂！”阿泷挺身站了起来，用一只脚用力地连踩阿雪的后背，“对啊，那又怎么样！”

阿雪似乎连后背被踩都没发觉，只顾晃着肩膀不停地笑着。

“来来来，打扫浴池了，打扫了打扫了！阿泷，你还有任务呢！不抓紧时间，眼睛又要熬红了。”阿芳三下五除二就把床铺铺好了。

现在她们要用一根细腰带捆住睡衣，下去刷浴池了。

“好啊，我自己干，你们都赶紧去睡吧！”阿泷一个人走了出去，重重地关上了女佣房间的板门。

阿芳和阿吉很快就睡着了。浴池里传来了水声。于是，阿雪将双手插进浴衣袖子里，缩着身子下了浴池。最近，她就像一个小孩子一样，整天跟在阿泷身后。

“阿泷、阿泷……”

河岸上传来了呼喊声，阿泷推开拉窗，发现阿绢无精打采地站在那里。她走到晾台上。

“怎么了？”

“今天……”

“你进来啊！”

“好，可是……”阿绢边向阳台走去，边抬头问道，“大家都还好吧！”

“什么大家，这儿可没有需要这么称呼的上等人。”

“阿泷，我来是有点儿事情想求你。”

“进来吧！”

“我……”她略歪着头，不停地摆弄着披肩，“我借了些钱给建筑工人……”

“哦。”

“但怎么也要不回来。”

“这不挺好嘛，谁没钱你就白给谁！”

“不是这样的啦！”

“大家都传言说你那家是要价最高的呢。”

“这是两码事啊！那个老板可厉害了，谁不付定金就不让谁进门。”

“你嚷嚷什么啊。回去以后好好替我做做广告，就说没钱的都上阿泷这儿来哈！”

“我……真的把钱借出去了呀。”

“真借出去了？”

“嗯。我就是在这儿怎么也挣不到钱才去那家的。我也不想长期干这个啊。我打算明年无论如何也要去东京学梳头。我也是想着能多挣一点儿嘛，所以才把钱借给那些工人的。”

“哈？我真是服了！也就是说，用问你借的钱来买你。而且，还带利息？”

“但是，很少有人还钱。所以我才想拜托阿泷跟监工说说，让他叫那些工人们把钱还给我。比如从他们的工钱里扣除什么的。”

“啥？你说啥？你这心可真够大的！”说着，阿泷从阳台上跳进房间里，“砰”的一声关上拉窗，放声大笑起来。她好久都没有这么大笑过了。

真的好久没有这么大笑过了。此刻阿泷大笑，是因为睡眠严重不足。每天夜里，她都要赤着冰凉的脚丫，从厢房穿过长长的走廊，回到女佣宿舍里。白天，尽管眼睛里布满了血丝，但却忙得不可开交，简直就像一头凶猛的野兽。

即使蹑手蹑脚地穿过了走廊，她也不可能悄无声息打开女佣宿舍的门。

“阿泷……”阿雪娇滴滴地喊了一声，她一时间竟愣住了。

“阿泷……”

阿泷没有应声，默默地脱下了浴衣外面的和服短外褂。

“阿泷，大家都睡着了。我把你的被窝暖好了，刚才给你留的鱼汤也都凉了。”

“是吗？谢谢你。”说着，阿泷冷不丁地将冻得冰凉的手伸到了阿雪的胸口，“你很寂寞吧！”

这样的夜晚持续了一些日子。终于有一天，阿雪在仓吉的屋子里，被旅馆老板娘给晃醒了。

她惊得一跃而起，又迅速端坐下来，双手着地，郑重施礼道：“实在抱歉！”说完便揉着眼睛，跑回了她们自己的房间。

“来……”阿泷从床上坐起来，将阿雪抱在怀里。

“阿雪，你是不是应该再放聪明一点儿。我一直那么护着你，想让你靠那个出人头地的，你却让仓吉那王八蛋给……阿雪啊，你可不能把自己拴在仓吉这样的男人身上啊。赶紧再找一个，管他是谁呢！真的，被一个男人迷住就是女人的失败。要是再败给那样的男人，你可就完蛋喽。”

“说什么呢！哭？我不会哭的！”

“你无所谓吗？啊？无所谓吗？要真是无所谓就好了。但如果不赶紧换一个男人，你会吃大亏的呀。”

然而，第二天，仓吉还是被辞退了，阿雪也跟着他走了。

时隔仅半个月，阿雪不知道从哪儿给阿泷寄来一封信。

“啊，真怀念那山中的温泉啊。如今我离乡背井，漂泊不定，昨日在东，今日去西，心中甚是悲戚……”

这肯定是她还在温泉旅馆时，从《讲谈杂志》上读过的美文。

后来，山村里疯传她被那男的带着东奔西跑，最后被卖掉了。但这终归也只是个传言。

冬　至

一

这是一个寒冷的冬夜。水车的冰柱在皎洁的月光下闪着寒光。马蹄踏在冻结的桥板上，发出金属般的声响。群山的漆黑轮廓如一把把利剑直指夜空。

公共马车中只有阿笑一个人。她用白色围巾将脸层层包裹起来，双手揣在怀里，深埋着头，用袖子遮住脸，蜷缩在车厢的角落里。

从停车场到温泉村有十五六公里的路程。阿笑乘坐的是七点的火车，公共汽车和马车都已没有乘客了。最后一趟马车过来时，正是在温泉里泡到浑身发红的村民们打着灯笼从山谷里往山上走的时候。虽是月夜，但却树荫暗沉。街上的家家户户都已大门紧闭。

一从马车的角落里跳下来，阿笑就缩起脖子一溜烟儿地钻进了山茶林。穿过浓密的树荫，朝着竹林奔去。然后从怀里掏出一瓶酒，对着瓶嘴儿便猛喝起来。

“啊……”她满足地长叹了一口气，又将脚往衣服下摆里缩了缩，将围巾重新包好，用两只衣袖捂住脸，任由自己一下子趴倒在地上。

阿笑知道，在冬天的竹林里，趴在堆得层层叠叠的枯竹叶上会更加暖和。她虽裹了两件人造丝的长衬衣，但却没有穿外衣。

过了不到二十分钟，传来了男人的脚步声。

“喂，吓我一跳哪，你竟然睡着了？”

男人边说边弯下腰来，阿笑趁势将他的手从自己的肩膀上猛地拉到胸前。男人没有防备地倒了下来。阿笑就那么抓着他的手，在地上翻滚着。

“啊，好开心！你不知道我有多想见到你。这么一打滚儿，倒是暖和点儿了呢。”

“你没被人看到吧？”

“猜对了！我提前五站就下车了，然后从那里又坐了两个小时的马车过来。你看，都这样了……”说着，阿笑脱下足袋，将赤裸的玉足暴露在温柔如水的月光里。

“通红通红的！”阿笑说着便将双脚结结实实地搭在男人的膝盖上，开始揉搓起冻得通红的脚趾来。

“好像冰镇红辣椒啊。”

男人攥住了她的脚趾。那脚趾宛若冰冷的蛞蝓，湿乎乎地粘在他的掌心。皮肤如蜗牛般凝滑白皙。把脚趾交给男人后，阿笑就像一块厚厚的脂肪般瘫靠在他身上。

“咱们去村里的温泉暖和暖和吧！”

“不嘛！人家像一团火似的大老远地飞过来，你也得激情似火地对待人家嘛！”

待男人转过身来，她猛地用双手推开男人的胸口，把胸脯一挺，娇嗔道：“不行啊？我可不是白来的。再说，又是火车费又是马车费的。”

“那些钱我会给你的嘛！随时都可以给。”

“不行！必须先给！否则我不会真当你的女人。”

此时，耳畔突然传来潺潺的山泉声，男人感到不寒而栗。

阿笑从镇上过来，可不是会什么情人，她是来做买卖的。

老早以前，村里那些有头有脸的人就说过，在村里的女招待中，唯独阿笑特别有伤风化。当地派出所的巡警们当然忠于他们的意见，曾数次勒令阿笑离开村子。就在一个月前，他们在宴席上因儿子们品行不端而相互悲叹，结果却是阿笑被巡警送到镇上去了。因为她是个天生的女招待，比娼妓还要放荡。

然而，她却可以因为一张明信片的召唤，随时赶来恋人们身边。又是火车又是马车，还要偷偷摸摸，夜钻竹林……即使这样，她还是想要回这笔“长途跋涉”的钱。或许对她来说，卖身比金钱更具有不可思议的魅力，所以才不惜夜行三四十公里前来相会吧。就像传说中的女子游过大海去见情郎一样。

当然，即使到了镇上，阿笑也会待在大兵们下榻的旅馆里。她那张白皙而扁平的面孔，看起来似乎睡眼惺忪、将眠未眠。她并不觉得自己过着颠沛流离的生活。只要有男人在，在哪儿都一样快活。她就这么无忧无虑地活着，似乎从未想过将头发抹得油光发亮，并好好梳理一番。

就像现在这样，纵然竹叶沾在头上，她也不曾用手拂落。

他们一起往山谷里去了。一路上，男人将她和服上的竹叶一片片地摘下来。他们沿着河滩上的踏脚石走着，准备偷偷地去温泉旅馆里泡温泉。

阿泷正一个人坐在浴池边上，一看到阿笑进来，便用湿毛巾胡乱擦了下眼睛，冲男人喊道：

“喂，隔壁的阿清昨天晚上死了，你知道不？”

“听说了……还以为你们早睡下了，这才没打招呼就过来泡温泉了……”说着，男子不好意思地解开了腰带。

“今晚要给阿清守灵啊。那些臭男人，没出息的，一个都没来！简直是欺人太甚！”

“生前受过她照顾的人不方便露面吧？虽然暗自可怜她。”

“真是悲哀！那些让阿清折寿的人里面，你难道就不算一个？！”

“要是那些建筑工人不来就好了。村里的人都很怜恤她，因为孩子们一直受她照拂啊。”

“可是，你看看这灵前，多么冷清……你说，阿清的灵魂怎么也不好好地在竹林里游荡一番呢！你听着，以后恕不接待那些人，我们的温泉可容不下那些个脏身子！”

这边，阿笑从脸到乳房都泛起了红晕，她一言不发地低着头，迈开那双柔软得像面筋一样的脚，踩着石阶，下到浴池里去了。

二

阿清也是女招待，而阿笑则是女招待中的“战斗机”。因此，从某种意义上讲，也可以说阿清是被阿笑害死的吧。

阿清自十六七岁起便漂泊至这深山中，不久便搞坏了身体，于是便将这村子认定为自己的葬身之地。男人们搂着这个对生死十分敏感的小姑娘，就像搂着一个苍白的幻影。她的身体曾多次出现问题，但平时只要一有空闲，便会带着村里的小孩子们一起玩耍。

建筑工人来到此地之后，当她第一次听到岩石的爆破声时，便有了清晰的预感。

“等路修好时，我也就该去了吧！”

果不其然，路修好未满五天，她便再次卧床不起了。艺伎馆里的一个四岁女孩和一个正在吃奶的婴儿一直跟着她，她才幸免被逐，但是村里所有的女招待都听老板说过“瞧人家阿笑”这样的话，这句话也时常回荡在她的枕边。她睡的床铺，不过是在腌菜房旁边一间两铺席大小的屋子里，但为了接客，这么点儿大小的屋子也有能派上用场的时候。

阿清勉强支起身子，下定了自杀的决心。不，那其实是一种绝望，只是没有“下定了自杀的决心”这句话的回响那么强烈。从结果来看，她接待建筑工人，不过是一种自杀方式而已。

她的朋友们——那些孩子，尚不能理解她的死与建筑工人们之间的关系。

从温泉出来后，阿笑便装作一副全然不知的样子，阿清去世也好，受阿泷欺侮也罢，她似乎都无所谓。还若无其事地冲着那男人喊："再见啦！喂，下次什么时候唤我？"

"别开玩笑了！说什么再见啊？这深更半夜的，你要去哪儿？"

"回去啊！走回去的话，天亮之前总能赶到停车场吧。"

"十五六公里呢，还都是山路。"

"没关系！黑夜和男人一样，都挺好，没什么可怕的。我不会让你送我的。再见！"说着，她便邋邋遢遢地将双手往怀里一揣，头也不回地走了。

"喂，还是算了！别那么雷厉风行，天亮再走吧！"

"万一被发现了怎么办？"她还是头也不回地踏上了街道，路面清冷而明亮，仿佛将铺洒在上面的月光冻结住了一般。

男人呆立在原地。

然而，等到看不到那男人之后，阿笑又小跑着折返回来，藏在了溪谷边村庄温泉的后面。她蜷缩着身子等待着，心想，说不定会有熟客过来泡温泉呢。

黎明破晓时分，可以看到麦苗上的白霜，山顶也明亮起来。不知为什么，候鸟们也不愿在竹林中停留，从山脚飞到远处去了。

第二个男人踩灭了竹林中的篝火，猛地蹲了下来："喂，有人来了。"

正枕臂而眠的阿笑直起身来，说道："哦，我知道了，是来给阿清送葬的。"

"嘘……"

送葬的人们爬上层层梯田，朝竹林这边来了。阿笑稳稳当当地趴在地上，双手托着扁平的脸庞，笑眯眯地遥望着这一切。

说是送葬，其实只有两个男人抬着一口覆盖着漂白布的棺材，估计是艺伎馆的老板和账房。棺材上放着两把铁锹，算是装饰吧。这个村子有土葬的风俗。

可是，那些小朋友呢？村里那些被她疼爱过的孩子们，排着长长的队伍，跟在她的灵柩后面，一直送她到山上的墓地……这是阿清的幻想，是她生前的快乐源泉，也是她死后的慰藉啊。

而那些孩子们，此刻仍在睡梦中。

阿清的棺材被抬到了竹林旁边，经此又被抬到了山上的墓地。

"太过分了！"

"是啊。"

"分明是想趁着天还没亮就偷偷地把她埋了。"

"趁着天还没亮，我也该往回赶了。现在出发的话，半路还能碰上第一趟马车呢。"

"喂，先掸掉身上的竹叶再走吧！"

"再见！对了，下次你也寄张明信片来唤我嘛！"说着，她拾起酒瓶，用尽全力扔了出去。酒瓶撞击在面前的竹竿上，玻璃碴子碎了一地……

（1929—1930年）